U0019984

少女練習曲

薩芙——著

劉彤渲——圖

名家推薦

許建崑（東海大學中文系兼任教授）：

　　人生悲苦喜樂，不就是一組高低抑揚的樂章嗎？以巴赫《六首無伴奏小提琴奏鳴曲與組曲》，作為故事情節發展的主題旋律，有時候平緩舒坦，有時候爭訟嘈雜，又有時候迴旋纏繞、曼妙起舞，是這本小說精緻而精彩的鋪排。

　　五歲時，被媽媽逼著上台演出的小梅，緊張過度而昏倒，造成聽力受損，需要長期靜養。音樂家媽媽渴望小梅繼承衣缽；製琴家爸爸識「琴」無數，自然也知道女兒的可塑之處。另有一組母子為對照組，胡姨處心積慮要孩子培恩出人頭地。培恩舞蹈受傷之後，改弦易轍，貫注在琴藝的提升。這兩個孩子是如何脫開現實人生的束縛，走向自己的成功道路？還請讀者從故事中找答案吧！

游珮芸（台東大學兒文所所長）：

　　第一人稱的兒少小說，因為敘事觀點的限制，要將故事說得層次分明、委婉動人，並不容易。

　　然而，本書的作者功力高強，自然純熟地駕馭了一位十四歲少女的語言，不雕琢地展現少女細緻敏銳的觀察，文字肌理清麗、透明感十足，少女幽微的心境可觸可感，登場人物間的對話精確到位。

　　立體飽滿的人物刻畫、流利的情節鋪陳，加上以小提琴製作與演奏的專業知識為底蘊，靈活生動的聲音與樂音的描寫，可謂難得一見的「音樂小說」。

黃秋芳（作家）：

　　音樂與生命，城市與森林，文明與自然，透過樂器的演奏和製作、人和人的衝突和靠近，形成多面向的豐富展演。以巴赫素樸的無伴奏暗色揭開序幕，緩緩在樂音中掙扎、努力；從舞曲的脫序與定序，真切凝視〈流浪者之歌〉的深沉孤獨，慢慢過渡到甜美的〈G弦上的詠嘆調〉，又回扣到各種舞曲的飛揚熱鬧；個人的迷惑和摸索，家庭的衝突和適應，混入一大群山居孩子們的純真熱情，在樂器的演奏和製作中，呈現出更為溫暖的音樂華彩。

　　隨著「狼音」的發現和解決，這種無關演奏碰觸、純粹源於琴弦和共鳴箱的不和諧音，一如社會組成中的每一個人，都得在「生活共鳴」中，找出問題，敏銳地理解與解決。已然被電影、電視劇運用得太過甜膩的帕海貝爾〈卡農〉，間隔八拍的相同旋律，巧妙兜出書中十四歲、四十歲、六十四歲的世代差異和糾葛，三支小提琴的往復迴旋，凝聚成濃烈意象，為個人的追尋、家庭的和解、社會的參與，以及此時此地的時代關切，盤旋出淵雅醇厚的餘韻。

少女練習曲

目 錄

C大調第三號小提琴奏鳴曲，BWV 1005

純白色的 C 大調：夢想的種子一旦發芽，

你只能小心翼翼灌溉它

第一樂章：慢板
第二樂章：賦格
第三樂章：緩板
第四樂章：極快板

E大調第三號小提琴組曲
BWV 1006

純黃色的 E 大調

第一樂章：前奏曲

　　這世界太多雜音了，能不能安靜點？

　　我聽到的祕密太多，聽到爸爸叫媽媽親愛的，聽到爸爸喊我寶貝，還聽到某個夜裡，爸爸對小提琴悄悄說：「親愛的，寶貝。」

　　我忘不掉那個聲音……

　　更衣室前有一面鏡子，後方也有一面，我夾在中間，產生不計其數的疊影，一正，一反，一正，一反……微微笑，鏡中產生無數個笑靨，揮揮手，數不清的我在招手。我的耳邊鈴聲大作。

　　我的耳朵非常靈敏，它是屬於整個世界的。

　　訓練我的耳朵計畫每天都得進行，四周細細碎碎的聲音是有顏色的。它們的音名（唱名）分別是：

　　C（Do）是鼠灰、D（Re）是海藍、E（Mi）是蛋黃、F（Fa）是粉紅、G（Sol）土褐、A（La）橘色、B（Si）是草綠。

有時它們會調和成非常美麗的顏色，小提琴聲是琥珀色的喔。

　　聲音是有濃度的，我指的是共鳴。我的身體裡有很多空間，用氣管發出低音、鼻腔發出高音，這是我能控制的發聲練習。我不能控制的是外來的聲音，像是跑車音響會讓我的胸口跟著震動。

　　我可以區別兩個不同音高，模仿那個聲音。我模仿嗓音美如小提琴的女高音，讓打電話來的人誤以為我是女主人；我還模仿更衣室裡的那些聲音，但我不能告訴任何人原因。

　　因為聲音會透露出許多祕密。

　　媽媽聲音裡有很多情緒：沮喪、厭倦、焦慮……她隨時保持忙碌，整個人亂糟糟的。我並不是指掉鑰匙跟錢包那類小事，而是能不能別投入所有時間在我身上。

　　她的音高與頻率轉換使我極度焦慮。當她嚴格控制我的作息時間，叨唸的聲音讓我感到窒息。她管理我的健康飲食，但是，我夾水煮蔬菜跟雞胸肉會發出

嘆息。她要我感謝神，只有神的聲音我從未聽過。我要是提出點意見，她會立即升達沸點，變成壓力鍋般發出笛音。

媽說，這一切都是為我好。

她拿巴赫[1]《六首無伴奏小提琴奏鳴曲與組曲》當作我的練習曲，所有小提琴能表現的和弦與難以演奏的對位技巧，全融合在這套曲目中，微妙注入我的音樂教育。

我拉不好巴赫。這首組曲調性依序是 g 小調—b 小調—a 小調—d 小調—C 大調—E 大調。它時而扎實嚴肅，時而即興、不完全終止[2]。巴赫在樂譜手稿封面簽下義大利文「sei solo a violino」表示六首獨奏，它還有另一層含意——你孤獨一人。

獨奏是一人的表演，我控制不好小提琴，很長一段時間跟爸爸管不住風溼痛一樣。爸爸只要一進製琴

---

1 約翰‧塞巴斯蒂安‧巴赫（一六八五～一七五〇）：巴洛克時期作曲家及管風琴、小提琴、大鍵琴演奏家。
2 不完全終止：一或多個和弦出現轉位、主音並非是最後和弦最高音，就像文章使用的標點符號「逗點」，感覺「沒有結束」。

14

E 大調第三號小提琴組曲　BWV 1006

室，就像按下靜音鍵，破表的分貝全部消聲匿跡。他只聽得見小提琴的聲音。他為買不起昂貴樂器的年輕孩子製琴，要不是媽媽，他沒打算這麼做。他按照史特拉底瓦里[3]模板製作小提琴，像對待珍貴的藝術品，追求聲音的極致。陽光不多的初冬，上漆難乾，他只得從整圈雲杉開始雕刻。

聲音對我造成過多的負荷，汽車喇叭、電鑽施工以及孩子的哭嚎弄壞我的聽覺，長期接受治療卻未見起色，爸媽決定搬來山區。這讓外婆很擔心——小梅的教育怎麼辦？

外婆以為移居只是暫時計畫，等我康復再搬回市區。不得不承認我讓他們失望了。

「我們失去的，將在這裡重新擁有。」媽媽語重心長說，「永遠別長成不認識自己的大人。」

這麼說來，我的成長跟大人有關，唯有大人真正長大，我才能安全無憂地成長。

---

3 安東尼奧‧史特拉底瓦里（一六四四～一七三七）：義大利克雷蒙納弦樂器製造師。標準琴型為：琴箱上部較窄小，下部較寬大，中部彎度稍深，輪廓相稱，線條美觀。

　　那時候的我沒想太多，我連咿呀咿呀的木地板都害怕，總覺得底下藏了什麼。屋內的聲音多得讓我發毛，火紅的楓樹正對我招手。

　　我滿腦子想離開爸媽，即使兩個鐘頭也好，那使我覺得有能力成為大人。

　　媽媽叮嚀我，「別走太遠，誰曉得樹林裡會有什麼跑出來嚇人噢。」

　　「好啦。」我踮起腳尖穿過製琴室，從後門溜出去。

　　北風吹落的紅葉鋪滿石徑，輕輕踩過會發出喀滋喀滋的爽脆聲，空氣中散發乾燥的楓香。黃山雀在枝椏縫中覓食，

我仰望藍天，鈴鈴鳴叫的棕面鶯飛過，彷彿有細細低喃的古老神祇，迴盪自然的生之頌歌。

除了剛剛那條小徑，我試圖突破幾株槭樹跟山茶花，最遠到達潺潺的山谷溪澗，蜻蜓在河床上停了停。

岩塊上，放一雙沾滿泥土的橡膠鞋，另一面傳出拍打的溯水聲，溪面漂浮著黃濁的泥沙，夾帶藏紅的血色。我趕緊往回跑，怕誤闖別人的地盤。

坡道上方有一間自建的農舍，住著房東和他的狗黑吉。我在土坡邊停下腳步，猶豫該不該回去探個究竟。

山路傳來狗叫聲，汪，汪。嚇得我倒栽進一個大窟窿，像一根白蘿蔔插在土裡。

「起得來嗎？」陌生的聲音問。

卡住了，不行。我想這麼說，但喉嚨完全發不出聲。

我感覺腳踝被一股強壯的力道握住，嘿咻咻——嘿咻咻——拔我出來。

「唷喔。看來我捕到一隻小貓咪。」

八十八歲的房東巴爺爺幫我一把，全身沾滿軟泥跟腐葉的我向他連聲道謝。

木屋傳來媽媽陣陣叫喚聲。對於我們的新家，我還沒準備好探尋它。

E 大調第三號小提琴組曲　BWV 1006

第二樂章：路爾舞曲

　　他們說的沒錯，來這裡我不會落後。

　　晨練時間，媽媽要求我拉〈路爾舞曲〉要注意低音聲部的運指，不能單單只是拉出聲音，旋律必須像朗誦詩歌一般優美流暢。

　　「那指的是什麼？」

　　「換音階跟把位不要用指關節，用肘關節控制平衡，按弦的角度才能保持靈活，」媽媽推拉著我，示範一遍，「妳的身體要帶著手臂動。」

　　我整天想該怎麼動才能像朗誦詩歌的要訣。

　　巴爺爺修理好壁爐。我們還沒搬來前，他跟妻子住在這間屋子裡。

　　「她倒在浴室八小時，在我上山育苗的時候。」巴爺爺對我們解釋，「我一個人住不了那麼大的房子。只擔心沒人發現我倒下的那一天。」

　　我心裡毛毛的，可能是巴爺爺說的話引起。

　　來這兒過冬，羽絨被跟駝羊毯派上用場，櫃子角

落有一隻細腳蜘蛛棄網逃跑，我空握著手腕，在半空中做來回拉弦的手勢，綿密的絲網被我瞬間搗亂。

更衣室裡，我找到幾頂帽子，羊毛貝雷帽跟軟絨鴨舌帽。我拿貝雷帽戴在頭上，摸到左邊的小耳朵，我看起來像隻折耳貓。夏天起，我的身高一吋也沒長。

轉圈跳舞時，我不小心打翻媽媽的藥罐子。我蹲下來撿，發現玻璃窗外緊貼一張陌生的臉。當他發現了我發現他，他的眼神變得銳利懾人。我從鼻腔發出強烈的尖叫。那個像野獸的小男孩匆忙逃跑。

製琴室沒有破壞的跡象，廚房倒是亂成一團。這件事讓我極度不安。

「他可能對妳很好奇，就像我當初盯著妳媽不放。」

「拜託，別跟你女兒說些有的沒的，她才十四歲。」

「她是少女，不是孩子。對吧，小梅？」

「沒錯。況且，媽媽永遠是少女。」

「真受不了。你們父女倆一掛的。」

他們並非討論我受到的驚嚇，而是另一件事。他們心照不宣達成某種共識。爸爸是我跟媽媽的主旋律。對像 d 小調浪漫抑鬱的媽媽來說，不論爸爸說什麼都像溫暖舒適的 D 大調。

像 b 小調喜歡輕鬆自在的我，對獨處的渴望比交朋友來得強烈，我喜歡獨自探索事物。本該是寧靜的禮拜天，媽媽卻提到胡姨要來修復小提琴。她們認識以來，常互相較勁，從交響樂團的小提琴首席到結婚生子無所不比。

「她待會兒就來了。」

「跟她說我不在。」

「花不了你多少時間的。」

「妳自己看著辦吧。」爸爸落下話，繼續工作。

製琴室運作的除濕機嗡嗡作響，溫度與溼度會影響提琴的壽命。爸爸打開工作桌上的檯燈，鎢絲燈泡漸漸轉亮，鵝黃的光暈照亮角落一隅，散亂的刨花逸散獨特的杉木味。這裡屬於爸爸的空間。

工具亂中有序，爸爸保持沉穩的工作步調，像土

少女練習曲

褐色的旋律，黑膠唱片那種炒豆聲。

防潮箱放置一把三百歲的古琴，禁止任何人碰，爸爸說那是賣命換來的。他告訴我，製琴師完成後，大多以演奏家命名，提琴跟主人命懸一線，走過戰火的顛沛流離，隨著主人去世後消聲匿跡。按理說，脆弱受損的琴不太能拉，名琴之所以珍貴，全靠拉響它名號的演奏家，鮮少有人能駕馭。帕格尼尼的加農炮就是個例子。

爸爸從我兩歲起按照我的身高比例製琴，從十六分之一到四分之三比例的小提琴都有，那些琴也是爸爸的樣品。媽媽笑稱製琴室的那面樣品牆是「女兒牆」。

我發現牆面掛二分之一比例的位置空空的。爸爸對我噓一聲。

「別跟妳媽說少掉一把琴。」

「怎麼回事？」

「妳媽會立刻報警，製琴室就無法正常使用，況且那把琴還發不出聲音。」

「為什麼呢？」

「音柱沒有絕對的位置，為尋找適合妳的聲音，我稍做偏移，音柱還沒裝上呢。成長禮來不及完成，我想還是先承認比較好。」

「以我為名的小提琴？」

「是該為妳準備四分之四的小提琴。」

「謝謝爸爸。」

每一階段的成長琴都代表著我的突破，提醒我即將邁進人生的下一階段。

體形龐大的爸爸繼續一刀刀刨開面板，透過反射光調整琴的弧度，也投射下駝背的剪影。牆壁上的影子隨著光跳動，能清楚預期身體的下一拍，再下一拍，那是骨頭發出疼痛的呼喊。

我聞到爸爸身上專注跟孤獨的味道，忘掉屋內有人過世的事，忘掉徘徊腦子裡的怪聲。爸爸常借我的耳朵試琴。

我左手拿小提琴，右手撥低音部，如果振動激烈，就表示共鳴性佳。雲杉的傳聲速度均勻穩定，鋼琴的

響板也是，那些來自阿爾卑斯山的雲杉，堆在角落自然乾燥。

——呼呼呼，呼呼呼。

偌大的楓樹林傳來一些隱隱約約的風聲。

我的視線落在金色喇叭鎖，圓滑的觸感使我回想起整件事。昨天回來時，沒有咔噠一聲，糟糕！我忘記鎖門。放在餐桌的裸麥麵包消失無蹤，窸窸窣窣的磨蹭聲出現我的惡夢裡。可能是果子狸在枝椏間跑來跑去，後門老是有模糊的泥腳印。

咦咦咦，剛剛好像有忽閃而過的人影。

第三樂章：嘉禾舞曲與輪旋曲

　　針葉尖端掛滿水珠，灰喉山椒振翅高飛，水珠唰地落下。

　　媽媽要爸爸升火燒柴，讓等會兒來的胡姨圍爐取暖。室內揚起陣陣炭灰，火舌不時對石砌牆探手。

　　媽媽在廚房準備不丟臉美食，烘烤輕鬆即食的鹹派。她心血來潮堅持做烤雞，那絕對是一場防災演習。胡姨的法國菜讓人吮指回味，媽媽的廚藝卻令我退避三舍。

　　從她劃開雞胸部，塞完香料醬，皮開肉綻無法拉回原形。那隻看起來發抖的雞在烤箱待了驚恐的五十分鐘。義大利麵在沸水裡呼救，她交給我繼續折磨洋芋泥沙拉。

　　當她打開烤箱，抹過香料的表皮讓我驚呆了。坦白說，我覺得它根本上不了桌。

　　「啊，燙、燙、燙。」媽媽的隔熱手套燒出一圈焦洞。

少女練習曲

「真像烏骨雞。」

「小梅，妳說什麼啊。」

門鈴聲響起。我聽到黑吉從農舍那兒猛吠，表示有陌生人出現。

我一開門，寒風刺骨灌入毛孔。室內的熱度立刻使這對母子的眼鏡蒙上兩圈霧氣。他們往後退開一步，胡姨的毛皮大衣看起來精神抖擻，培恩頸子上的黑領結勒得我喘不過氣。

「哇噢，小梅，妳長那麼大啦。」

「嗨，胡姨，嗨，培恩。」

胡姨的頭髮梳挽成奧黛莉赫本的髻，耳垂戴著全音符型的耳環，我從沒在媽身上見過。培恩高挺的鼻子從側面看像四分休止符，他始終不敢正眼看我。

「韓德善呢？」胡姨交給媽媽一盒巧克力捲心酥。

「他還在忙，等會就來。」媽媽伸手收下禮盒。

電煮壺燒開了，錫蘭紅茶香味四溢。媽豎起手指，講些以我為榮的事。胡姨隨意附和，話題轉到培恩要到英國讀書，問我想不想去？

「她沒打算提出申請。」媽媽阻止胡姨詢問我的個人意見。

「再晚，就過了最好的年齡。」胡姨挑起敏感的話題。

「我知道怎樣對小梅才是好的。」

「別把孩子拴在身邊。妳難道不想跟著職業樂團演奏了嗎？」

「等她再長大一點。」媽媽站起來打開音響，「我去叫韓德善。」

巴赫的十二平均律環繞室內，爐火燒得旺盛。爸爸緩緩從製琴室出來。

「妳的琴出什麼問題？」

「不曉得是不是練得太凶，走調得很厲害。」

胡姨立刻換上一張和氣的臉，那是和我們聊天時沒有的表情。她還說這兩把百萬名琴是從某某琴商那兒買來的，為了培恩參加瑞士日內瓦的比賽。

培恩先試拉琴漆看起來較新的那支給爸爸聽。

他拉琴的樣子像在聆聽，琴身宛如嬰兒細緻的皮膚。他身體的律動像跳舞，那麼投入，那麼愉悅，不

像節拍器那樣滴滴答答的規律。

「低音弦的聲音施展不開的樣子。」胡姨說。

爸爸仔細從琴頭、指板、琴橋校正位置，交給培恩試拉。

「會不會是音柱歪掉？」我出過那樣的問題。

爸爸拿起尖嘴夾，伸入 f 孔，仔細調整音柱的位置，再讓培恩試音，可是琴聲依然像聲帶發炎。

「還是怪怪的。」培恩搖搖頭，好像這把琴發出怪聲是他的錯。

放下小提琴的培恩不多話。爸爸伸手去摸琴橋下的面板。

「原來面板早就變形，影響低音樑的弧度。如果要修理的話，得等到明年。」

「這可怎麼辦呢？他的機票都預定好了。」

「我的琴可以先借培恩。」

胡姨掩嘴笑，「小梅真是貼心的好女孩。不過，阿姨這兩把琴可都是瓜奈里⁴的啊。」

---

4 安德列·瓜奈里（一六二三～一六九八）為瓜奈里家族學派創始人。與史特拉底瓦里師出同門，都是義大利克雷蒙納，製琴大師安德列·阿瑪蒂（一五九六～一六八四）的學生，同列製琴史上極具貢獻的重要家族。

「我看妳被騙了。」爸爸說。

「什麼？」

胡姨的臉色非常難看，簡直像被搧耳光。

「我確實看過琴頭，雕刻並不馬虎，內捲度絲毫不像工廠琴啊。依你看這兩把琴到底誰做的？」

「不是所有商標打著希臘文寫『耶穌是人類救星』跟十字架的都出自瓜奈里。」爸爸撕下標籤，出現一行烙印，他眼睛忽然一亮，「製琴師的確照著瓜氏模板仿製，標籤旁的小字印著法國製造，面板已擠壓變形，值不值得修，妳得自己考慮。」

沒想到胡姨毫不眨眼，當場把琴丟進爐火裡燒，霹靂啪啦的火舌迅速吞沒了。我們全看得目瞪口呆。

「那另一把呢？」胡姨問。

剩下的那把琴弧線簡樸優雅，絳紅色漆面透出明顯的木紋，剝落的面板雖然老舊，卻散發著一股攝人心魂的氣味。

爸爸的臉色變得鐵青。他請培恩拉一首完整的曲子。

培恩輕輕把臉貼上琴托。第一個重音劃亮所有人

E 大調第三號小提琴組曲　BWV 1006

的目光。

　　我的眼神緊盯培恩嫻熟的弓法與指法，薩拉沙泰（Sarasate）的《流浪者之歌》如泣如訴響起。我整個冬季的孤獨，全被牽引出來。培恩驚人的肌肉與神經反應力遠遠超出我現有的努力，我陷入一種深深的羨慕與衝擊。

　　沒有人想讓培恩停下來。聽他拉奏是奢華的享受。

　　長拍漸弱，最後的延長音使我的眼淚快掉下來了，簡直跟演奏家不相上下，而他跟我同年齡。在培恩面前，我每天的刻意練習像在原地踏步。

　　「偶爾會有狼音，有些地方脫膠。我得花點時間拆開來檢查是什麼擾亂出雜音。」

　　爸爸穩健的語調中透出異常的興奮，克制對培恩的讚美又不顯露見多識少。況且，拆琴極花時間，鬆膠要有耐性。爸爸不喜歡太多人擠進製琴室，那會打擾他。

　　我聽得出來，那口氣裡有另一種盤算。

少女練習曲

第四樂章：小步舞曲 I

　　為了爭取更多時間讓爸爸研究瓜奈里，我成了犧牲品。

　　譜架上放著我用鉛筆標記的樂譜，皺捲的譜面透著一層薄薄的陽光。媽媽坐定鋼琴椅準備伴奏，示意要我翻到布拉姆斯《G大調小提琴奏鳴曲第一樂章》。

　　這首練習曲優雅舒適，宛如身處大自然的美妙雨幕，媽媽想要我傳達身在此山中的閒情。我沒把握詮釋好它的風格。在此之前，媽媽要求我表現出此曲如詩的韻律，我達不到，感到有些沮喪。

　　樂曲開頭由鋼琴彈奏和弦，和弦的音色呈現出聖詠般的祥和。我從第一小節第二大拍後半拍進入第一主題。

　　從培恩點拍的姿勢，我看得出來他一定非常熟悉這首曲子。

　　拉奏時，我儘量保持流暢平順往前邁進，右手貼弦的力度，避免因換弓而中斷；左手保持深沉的抖音，

E大調第三號小提琴組曲　BWV 1006

讓節奏明確而音色溫暖。

連續八分音符隨著小提琴聲流瀉，我與媽媽的默契考驗就要來了。

要是我刻意配合齊奏的重音，兩個聲部的拍點就會產生強烈的不平衡。看譜練習時所遇到的問題，媽媽會提醒我音準換把拉、節奏跟雙手怎麼配合。

媽媽似乎不想讓胡姨看出我的基礎練習鬆散與依賴，伴奏時保持著中立。我頓失所依，一面避免附點變成〈圓舞曲〉，又要保持弓速與抖音，於漸強漸弱樂段與媽媽一起達成和諧。

旋律層層上疊，我的右臂肌肉因用力過當而有點僵硬，音色開始變得乾枯刺耳，此時，媽媽的音量漸強。

我維持住之前的音量，全弓貼弦，以弓速帶動樂曲前進，以琶音[5]向下直奔樂句。

---

5 琶音是指一串和弦組成音，從低到高或從高到低依次連續圓滑奏出，可視為分解和弦的一種，是眾多樂器演奏的一種基本技巧。經常出現在短小的連接句或經過句等旋律聲部，或作為和聲用的伴奏聲部中。

平和的氣氛受到影響。

　　培恩撇頭望著窗外喞啾的山雀，迴避此時尷尬的氣氛。原本看著我的胡姨轉頭環顧室內的擺設——布沙發、木櫥櫃，現代簡約的鄉村風格中找不到她熟悉的英式古典。

　　媽媽努力收束著想責備我的表情，那讓我更加緊繃。

　　進入第二主題將對比高低音域。鋼琴改以高聲部彈奏D大調下行音階。我拉出一些雜音，果然心思不能跟著他們亂跑，隨著我的旋律不斷向上，我和媽媽之間緊張的合奏開始寬廣。

　　我放掉對培恩的在意。不管我怎麼拉，都比不上他出色的琴藝。雖然音量轉弱，但我的心境不像起初那麼混亂。為醞釀下一個高點，我面向媽媽拉琴。

　　這麼做是因為我的確需要媽媽才能拉好琴，這沒什麼好否認的。

　　我的動作使媽媽明白她對我的重要性。她嘴角的微笑裡有點真拿妳沒辦法的意味。

　　接下來的小節，我們母女倆如同往常一般，在溫

暖的冬陽中練曲，隨著室外樹葉而擺動。樹本身並不會動，風怎麼吹，它就怎麼擺。我領悟到什麼是如詩般的朗誦，如風的律動——隨你所感受到的。

也不知道為什麼，培恩的注意力轉回我身上，眼神忽閃而過莫名其妙的妒意。

我運弓的力度逐音加深，由疏而密……最後三個強力的和弦如煙火炸開後結束。

胡姨沒有為我們鼓掌，倒是培恩零零落落拍手。

「培恩，輪我們來合奏布拉姆斯。」

培恩卻說，「我好餓。」

那聽起來真是太失禮。

餐桌上，胡姨顯然對鹹派、沙拉、烤雞嗤之以鼻，她一口也沒嘗。培恩一派輕鬆一小口一小口吃下焦碳雞，舉止不像被慣壞的孩子。他還稱讚餐點獨具個人風味，讓媽媽笑得合不攏嘴。

什麼嘛，何時媽媽變得那麼容易討好？

「我去一下洗手間。」胡姨待不住了。

我真希望排水孔的怪聲和幽魂能嚇壞胡姨。

第五樂章：小步舞曲 Ⅱ

　　一想起那時媽媽要我當嚮導，帶培恩四處走走，就該感到不對勁。

　　我鮮少跟男生獨處，舉手投足想表現成熟卻像個笨拙的呆瓜，不過，難為情的人並不只有我。靦腆的培恩和我保持著一輛腳踏車的距離，影子似的緊跟後頭，使我更加侷促不安。我一面想著該帶他去哪裡，一面回頭看他是否跟上。

　　寒鴉振翅飛過，發出嘎嘎嘎的嘲笑聲，真讓人心裡發毛。我不小心被埋在樹葉堆裡盤根錯節的樹根絆倒，搞得灰頭土臉。樹蛙的後腿毫不客氣給我一擊。

　　培恩終於笑了。

　　「這不是我最倒楣的一次。以前我在學校被捉弄得更慘。」

　　他拉我站起來，幫忙拍掉黏住我毛衣的雜草。

　　「我滿羨慕妳可以在家自學。」

　　「雖然比較輕鬆，但有時我會怠惰，對自己產生

E 大調第三號小提琴組曲　BWV 1006

懷疑。你羨慕我幹嘛，難道去英國不好嗎？」

「我只想拉琴，對其他科目沒多大興趣，但我別無選擇。父親過世後，一切由我母親決定，也許國外的環境相對比較好。」

「說真的，你的琴藝越拉越好，充滿音樂的表情。」

「妳也不賴呀，看樣子保持著每天規律的練習。」

「那不是真的。我必須訓練耳朵聽各種聲音，來穩定我的情緒。」

「我也有保持耳朵的訓練，最近聽演奏會占據我大多數的時間，耳朵用在實測演奏廳的大小，確保聽眾聽到的與我拉的一致。」

「告訴你喔。有些我聽到的，別人都聽不見。你也會嗎？」

「不會啊。妳這點很酷。給妳瞧瞧我還沒學琴前，舞蹈比賽在我身上留下的紀念。」

培恩向上拉開褲管，露出一條長長的疤痕，密集訓練的疲倦造成意外，使他沒辦法成為站上小巨蛋的明星，就在他幾乎對未來感到絕望時，小提琴拯救了

他。

「我對滿足別人的過度期待感到疲累。」培恩說，
「我只想做我自己。」

「所以你才不想解讀別人的眼神？」

「那讓我感到輕鬆。」

「我還以為你瞧不起人呢。」

「真抱歉，讓妳有那種感覺。」

「坦白說，我以為我再也交不到任何朋友。」

「我也是。」

培恩的抗壓力超乎我想像，我知道他最不需要同
情，他只是需要被瞭解。

「這裡非常安靜。」我說。

「是嗎？我倒覺得有太多聲音。」培恩對我眨眨
眼。

他跟我一樣對聲音極為敏感，我不必假裝一切正
常。

「妳的聲音是琥珀色的。」他的手貼在胸口的位
置，「而且妳的胸腔起伏好大，心跳的拍子有點快，
還有妳的小耳朵竟然會動……」

E 大調第三號小提琴組曲　BWV 1006

「別再說了。」我把耳後的頭髮往前撥。

好可怕。原來我以前若無其事說出聽到的事實，會嚇到身邊的人。在培恩面前，我隱藏不了任何情緒。

我從口袋拿出一把掌中琴，還有鉛筆大小的琴弓，這些不只是裝飾而已，是真的能拉出聲音。

「送給你。我親手做的喔。」

「沒想到妳會製琴。」

「你知道的，當我爸的助手可不能蒙混。」

培恩立刻試拉，藉由指觸找到音準，揉音調整，迅速而靈巧使用一、四指位。即使琴只有巴掌大，他的手臂、手腕與手指全動起來，專注的樣子隱隱透出恬靜與雅緻，灌注一股暖流，像降 B 大調。我從未有過這種感覺。

「太棒了。我可以隨時練琴。」

「狂熱份子恨不得連睡覺都能拉琴吧。」

「呵。沒錯。妳開始瞭解我了。」

「噓——你聽見了嗎？」

遠處的山谷溪澗傳來特別的琴音，那種自然規律的節奏，該怎麼說呢，它只有 CDEGA 五個音高做為旋

律的基礎，任一音都可以構成調式，聽起來單調，卻足夠表現完整的曲調。

「是琴音嗎？」培恩對提琴以外的聲音沒有我敏感，那必須獨自去感受。

「有點像，但是那音色悶一些，也比較單調，好像是從瀑布那兒傳來的。」

我們尋著琴音往山谷方向移動，想找出聲音的來源。

第六樂章：布雷舞曲

濛濛的雲霧繚繞疊疊的山巒，一階階的梯田種滿一心二葉的嫩茶，冬季的低溫使溪床上的水生蕨類由綠轉紅，遠遠望去像一幅潑灑的油畫。

我們走過木棧吊橋，沿途步道長滿吊竹草，枯叢間綠蝶的蛹等著越冬，穿過小徑，一株掉光葉子的油桐樹上暫棲一隻藍鵲，牠的巢落在枝枒另一頭，亮藍尾羽的白點迅捷跳動，趁我們不注意，迅速俯衝掠過我們的頭頂。奔跑中，我們沿著鐵管走，來到一處清澈的水潭。

培恩問，「這是哪裡？」

「摩摩納爾瀑布。琴聲大概是從這兒來的。」

「我們回去吧。這裡很荒涼。」

「再一會兒。我們快找到了。」

琴聲再次響起，就在附近。我們循著聲音進入越來越荒蕪的深山。小徑不見了。我們折斷樹的枯枝開路，來到一處杳無人煙的小聚落。

一名小男孩坐在疊石矮牆建構的家屋前，不斷撥

弄像彎弓一般的琴。他好奇不拘的眼睛讓我覺得似曾相識，他的手臂上有美麗的刺青。

令我吃驚的是，琴弓藉由口腔做為音箱產生共鳴，發出五聲音階，每個音極為原始，像弓箭般射向天空。

小男孩的母親從屋內不斷叫喚著，司阿定……

「這是什麼樂器？」我問。

「latuk[6]。」

張開嘴的司阿定，缺了兩顆上門牙。他沒理會母親的呼喚，甩手把弓琴丟在地上。

我撿起弓琴，卻弄不出任何聲音，試著學小男孩用左手食指壓弦，右手彈奏，撥出簡單的旋律。

「那是什麼？怎麼只有一根弦，沒想到妳可以由耳朵指導觸指找對音高？」

「發自內心的感覺吧。」我聳聳肩，「弦樂器跟弓箭本就有關連，沒想到竟然能在深山裡親手觸碰弓琴。」

---

6 弓琴，布農族語。以觀音竹做琴身，玉米粒當琴橋，細鋼絲當琴弦，撥彈奏出音響的原始樂器。

E 大調第三號小提琴組曲　BWV 1006

一陣陣的雲霧籠罩部落，只能看清楚近物。灰濛濛的霧霾中，一位老婦人走出家屋拿著好幾根兩端粗圓的木杵，手握處較纖細。她上上下下敲擊石臼，杵音咚咚清脆響亮，小米一顆顆脫粒了。

「木杵用粗細來調音，感覺輕軟，跟小提琴一樣用的是杉木。」我驚呼。

其他人也拿著木杵，卻不是搗米，而是對著地面敲擊，我聽出那幾根粗細不同的杵音發出四個音高CDEG，而小提琴由粗到細四根弦為GDAE。部落的器具使生活中的聲音傳到遠處都聽得見。

「播種祭快到了。我們要唱歌給神聽，裝滿小米倉。」司阿定興奮地說。

他身後的男人們肩並肩，圍成一個圓，雙手交叉置於族人的背後，左右漸漸搖擺。起音的獨眼長老從低沉的音開始，單音、雙音，慢慢出現八個音階，甚至有兩個聲部的平行複音，三個聲部陸續加入鳴唱，曲調由低漸升，自然柔和的泛音，達到最高音階，純靜如天籟的合唱。

我學雛鳥喝啾鳴轉，讓聲音盤旋在山谷中，轉成

少女練習曲

老鷹翱翔俯衝，由聲音轉成畫面般的連音。長久以來，我這麼努力拉弦、學曲，卻不及人聲的渾然天成。

「嘿，我也會各種大地的聲音喔。蜜蜂、瀑布、雷雨……但我弄不懂這把琴明明有四根弦，為什麼發不出任何聲音？」

司阿定拿出一把小提琴，琴的尾板裂開，琴頭琴橋全歪掉，面板溼滑，琴弦斷掉兩根，只是個空殼。

「因為它還未完成。」培恩掏出我送給他的掌中琴，「我拉〈布雷舞曲〉給你聽。」

b 小調二二拍子活潑而明快，刷亮了司阿定的眼珠，他的耳力出奇靈敏，全神貫注想要記住培恩拉出的斷音、甚至是複音。可惜，他對琴的構造有所誤解，「原來這個要用弓來拉啊。」

「不是用撥奏，小提琴是用琴弓拉奏。跟你的弓琴可不一樣喔。」

我讓他那雙好奇的眼睛從 f 孔望進掌中琴。

「看到那根小小的圓柱了嗎？」

「哇噢。」司阿定透過音孔彷彿看見另一個世界，驚嘆連連，「真希望我也能拉出像唱歌般的聲音。」

所有聲音掩蓋不了母親的呼喚，那聲音卡著咳嗽與濃痰，「司阿定……」

　　司阿定丟下我們，趕緊別過頭跑回家。我們離開之前，發現村子裡只剩下幾戶人家。

第七樂章：吉格舞曲

媽媽神情緊張詢問我們到底去哪兒，怎麼出去那麼久？

「我們迷路了。」培恩說。

「沒事的，媽媽，我們只是去瀑布。」

「平安回來就好。培恩，你媽跌倒了。」

沒想到胡姨在浴室滑一跤，我查看地磚沒有溼滑。她說也許是法國絲襪造成的，是她自己不小心。

看著倚靠沙發的她癱軟無力，我滿心愧疚。我並沒有要胡姨受傷，只是希望有人也聽到那些糾纏我的聲音。

媽以為是打翻的爽身粉造成的，她常用來保養駝羊毯，粉末飄得四處皆是。她顯得過意不去，拿外傷藥替她擦瘀青，胡姨的雙手幾乎抬不起來。我並不知道她們先前有過爭吵。

我坐在她們旁邊，聽胡姨說起藍寶石的故事。

「藍寶石是一個英國伯爵的求婚禮物，只要接受過這份禮物的新娘，新婚夜就會出事情。雖然少女們

非常想要成為伯爵夫人，卻因為這個傳言，紛紛拒絕這門婚事。伯爵感到苦惱，畢竟寶石花費他百萬英鎊，怎麼連個妻子都守護不了。伯爵的樂師聽說這件事，提出誠懇的建議——把藍寶石鑲在他的小提琴上，他願意為伯爵的婚禮演奏結婚進行曲，給予永恆的祝福。果然，新婚妻子安然度過每一天。二次世界大戰爆發，空襲城堡，伯爵發現樂師與妻子的祕密，傷心的伯爵死於大火之中，那把琴再也沒人見過。」

「據說俄羅斯聖彼得堡的沙皇鎮凱瑟琳[7]紀念音樂會上出現過那把琴。」胡姨說。

「那則樂壇新聞我知道。」

「既然找不到那把名琴，我就自個兒想辦法。」

「妳提藍寶石想做什麼？」

「當然是為了孩子啊。我們該讓他們參與世界的舞台。培恩要參加柴可夫斯基國際音樂大賽[8]，要是有這把琴，大家都會問這男孩來自哪裡。」

---

7 葉卡捷琳娜二世・阿列克謝耶芙娜（一七二九～一七九六）：曾撰寫兒童教育手冊，建立斯莫爾尼宮教育貴族少女及莫斯科孤兒院，相信歐式教育可以轉變俄國兒童心智。
8 每四年在莫斯科舉辦一次，第一屆比賽始於一九五八年。

E 大調第三號小提琴組曲　BWV 1006

這席話深深擊中媽媽長久以來的抱撼，她的臉色變得凝重。

我的第一場比賽因為壓力過大而暈倒，自此以後產生各種幻聽，連達克醫生也治不好。我無法承受高密度的壓力。五歲前，我學得快樂無比，比賽摧毀我對學琴的熱情，轉變成深深的恐懼。

胡姨打開錦盒，露出光燦耀眼的藍寶石。它好似會發出海的濤聲，多像一顆少女的心啊。

「韓德善願意幫我鑲上去嗎？」

「音樂賽很少人願意拉新琴，妳這麼做很冒險。」

「我知道老韓有幾塊好琴材，別那麼小氣，幫我做一把吧。省得我跟琴商周旋。」

「他那個人很死板，不會答應妳這種事的。」

「所以我才請妳幫忙說服他嘛。」

「這個嘛……」

我對藍寶石小提琴的傳言非常著迷，聽得見的幸福是多麼浪漫的說法，我打從內心產生憧憬，那輕聲呼喚我的聲音不斷從體內竄出，驅使我說出大膽的話。

「胡姨，讓我來試看看打造一把藍寶石小提琴。」

「喔，親愛的小梅。謝謝妳的好意，我可不是做好玩的，要真的能演奏啊。」

「我覺得我可以做到。」

「小梅，別隨便答應這種事。」媽媽擔憂地瞟我一眼。

「媽，我能自己決定事情。」

媽媽顯得有點無奈。我的未來發展是她跟爸爸的角力。媽媽認為這時代不若十九世紀，認為女孩只能學鋼琴，歐洲以男性為中心的樂團漸漸接受女性，是朝演奏家發展最好的時代。然而，爸爸認為我停留在練習曲那麼久還未能登台表演，也該考慮別的發展，況且，我的身體狀況很不穩定。

「培恩，那是你的琴，由你決定吧。」胡姨說。

「我只想要一支瓜奈里，拜託，媽，別鑲什麼藍寶石。我不會冒險拉新琴，只需要一支備用練習。」

「你不打算用它演奏？」我語氣裡透出一絲失望。

「這得交給時間證明。」培恩老實說。

直到這一刻我才發現內心想要的是什麼，成為演奏家信賴的製琴師將是我的目標與理想，更想證明我

E 大調第三號小提琴組曲 BWV 1006

有使人幸福的能力。

　　胡姨跟培恩帶著修好的提琴準備離開。他忽然停下腳步，「妳認真的？」

　　「認真。」

　　「好吧。小梅，我等妳的練習琴。」

a 小調第二號小提琴奏鳴曲 BWV 1003

純藍色的 a 小調

第一樂章：極緩板

達克醫師特別叮囑爸媽注意一點，控制周遭的聲音可避免對我產生行為上的影響。

有些聲音會刺激我的荷爾蒙，讓我想反抗或逃跑；有些聲音會舒緩撫慰我，就像口服可的松[9]，我應該多放鬆休息，排除雜音，古典音樂可以緩解我的焦慮。

我排除沒再長高的原因，有時我被負面情緒困擾，什麼也做不了。

聽蟲鳴鳥叫是訓練我的耳朵計畫之一。鵪鶉的叫聲我最愛學──bu ─ bu─bu ─ bu。

早上：拉琴　下午：散步　晚上：製琴。

忙碌使我內心的噪音多得不得了。媽媽以為我學小提琴可以緩解，沒想到我出現幻聽；爸爸發現我動手製作提琴，情緒比較穩定。不管怎樣，我離不開小提琴。

---

9 腎上腺皮質激素類藥，主要應用於腎上腺皮質功能減退症及垂體功能減退症的替代治療，亦可用於過敏性和炎症性疾病。

a小調第二號小提琴奏鳴曲 BWV 1003

爸爸攤開瓜奈里的製圖尺寸，「瓜奈里的琴身短而寬，琴板較厚，漆色濃厚，高音拔尖低音深沉，弓弦的觸點接近琴橋，拉起來用力，像油門催到底的法拉利跑車，難怪培恩非它不可。」

　　「可是爸爸，你不是習慣以史特拉底瓦里的模板製琴？」

　　「仿古或新琴都有人做。各有所好。我喜歡老東西。」

　　「那我也想做瓜奈里。」我沒說為了培恩。

　　「等我研究完再說吧。」

　　「還得等多久？」

　　我放下旋栓，調整琴弦張力這種磨性子的事，我一句怨言也沒有。

　　原以為增加製琴的時間，爸爸應該高興。可是他一如往常，並沒有特別教導我。真奇怪。如果我沒提出要求，他只讓我做些瑣碎的工作，變得愛老調重提。

　　「小時候我帶妳去南海路，附近有一棟圓形建築，從外看有一扇扇紅色木窗，那是妳爺爺做的。我沒有成為木匠，轉而學製小提琴。他任由我想做什麼

就做什麼。小梅，不論妳對什麼有興趣，我都不會干涉太多。」

「但是，媽媽總是堅持她是對的，我是錯的。」

「如果妳認為我會像媽媽那樣照表操課，妳永遠學不會這門工藝。」

「反正我達不到媽那套標準。」

「我不是指這個。好的製琴師要知道演奏者的煩惱。不是妳立定志向製琴，就可以不必練琴，要提高妳看待音樂的角度。別跟妳媽爭輸贏。」

「我沒爭啊。」

誰也沒阻止她當個好媽媽，她不斷強化我的樂理跟責備我的壞習慣，
要我去承擔

錯誤，改正錯誤。簡單說來，我的少女時代一直是巴赫的囚徒。

接近中午，郵差來按鈴。

心裡忽然湧起一股心聲，那聲音告訴我，爸爸的保險箱一定存放許多提琴的祕密。快，趁著爸爸領掛號信，快打開那個神祕的箱子。

我著魔似地轉動密碼鎖，不管試誰的生日全都不行。

爸爸領信完，難得露出孩子氣的笑容。他大聲呼喊：「瞧瞧，博物館定期的保養聘書送來了。」

「真是不得了。我們要替一千三百多把古琴舒活筋骨耶！」

媽媽整個人跳起來，她上次做這個動作是我願意去考音樂班。

「能親手觸摸那些四百多年的老骨頭，可不是一般人能有的機會。」爸爸樂得飛上九霄雲外。

老天啊。一想到能親眼見到鎮館之寶——國王的大提琴，我簡直壓不住激動的情緒。法皇查理九世向安德烈·阿瑪蒂[10]訂製八把大提琴，法國大革命爆發，

a 小調第二號小提琴奏鳴曲 BWV 1003

現存且能演奏的只剩這把，目前只有大提琴女神瓦列芙斯卡成功借過。我能藉此機會觸摸走過戰火的名琴，實在太令人興奮了。

消息傳到胡姨耳裡，她要培恩跟我們一塊兒去。據說借給學生演奏家是創辦人的心願，培恩老早打定主意向收藏家借琴。琴可不是人人能借，國際比賽讓他有這個機會。

沒想到這麼快要見到培恩，可是，對於藍寶石小提琴我還沒有頭緒，要是他問起進度，我該怎麼回答才好。

爸爸親吻了媽媽，小心翼翼把聘書收進保險箱。

我輕輕靠近，耳朵仔細聽著密碼鎖的轉動聲，答答答……

---

10 安德烈・阿瑪蒂（一五〇五～一五七七）克雷蒙納製琴學派始祖，三大名琴一脈相承的音質音色，史特拉底瓦里及瓜奈里也只能以中低頻音量及飽滿度加以改良發揮。

第二樂章：賦格

　　那組聲音不斷在我腦子裡打拍子。

　　主臥室暗下來，沒有聲響，爸媽入睡了。我穿著睡裙罩上外套，碰到冷地板的腳趾頭蜷縮起來。陰暗的製琴室黑壓壓一片，我憑感覺測量腳下的所在位置，逐步移動到保險箱旁。

　　密碼鎖近在眼前。深吸一口氣，我轉動腦海裡的那組聲音碼。深夜裡，答答聲放得好大。

　　鎖終於開了。

　　嘖嘖嘖。沒想到他們竟然用巴赫十二平均律[11]其中一小節當密碼，鐵定是媽媽的主意。說真的，這讓我愛上巴赫。

　　雙手在箱子裡摸索一會兒，觸摸到一疊紙張，我猜測是圖紙，只需要一點照明證實。

　　轉身後，原本想打開工作桌上的枱燈，又怕光線

11〈十二平均律〉是巴赫為兒子音樂教育所寫的練習曲，用同一音律系統來應付所有調號的音階。

從門縫溜出去，不如用外套罩住檯燈再開。鵝黃的光暈讓繪圖紙散發古老的羊皮紙感，厚厚一疊圖紙標註密密麻麻的尺寸，分成世界各國的製琴學派。頭一次，我發現琴弓的圖紙。爸爸的弓大部分是跟國外買，英法德都有。他鮮少製弓，或者他打算製弓？

燈一亮，我看見了「小梅」。

各種尺寸的「小梅」都是爸爸精心設計的，為了我能拉好琴。

一陣鼻酸湧上來，那張成人尺寸的「小梅」繪製日期，前年就畫好了，卻不斷延遲製作。我成長速度趕不上逐年增加的年齡。我忍不住想，何時才能穿跟媽媽一樣尺寸的胸罩？到底是誰偷走那把女兒琴？

我打算按照圖紙做出一模一樣的「小梅」。

我輕輕把圖紙放回原處。關掉燈，踮起腳尖，打算回房間。

突然，客廳傳來媽的喊聲：「誰在那？」

我愣一下，趕緊躲到桌底，心怦怦跳的聲音放得好大。我搗住嘴巴，有種快窒息的感覺。出乎意料之外，工作桌下竟然放了一把瓜奈里。我瞪大了眼睛。

少女練習曲

它怎麼會在這？不是交給培恩了嗎？這是怎麼回事？

媽媽啪地一聲，打開走廊上的燈泡，探頭製琴室，環視好幾秒，再到後門確認是否沒鎖好。燈光隨著媽媽離去的腳步熄滅，暗夜的風聲刮過玻璃。

等媽一走。我抱著滿腹疑問回到房間，總覺得背後拖回整屋子的黑暗。浴室排水孔爬出毛絨絨的老鼠，唧唧唧跑過房間。

我體內失控的吶喊聲，牢牢鎖在喉嚨裡。

第三樂章：行板

　　穿過奧林帕斯眾神橋及阿波羅噴泉，外觀是古希臘列柱式的博物館，圓頂上有一位金黃耀眼的天使，手拿著號角跟桂冠。爸爸像個導覽員為我說明博物館的建地以前是一塊甘蔗田，現在化身成一座收藏美的藝術殿堂。

　　「入夜後，當四周街燈亮起，從上空俯看主體建築到噴泉，像極一把發光的小提琴。」爸爸形容。

　　站在戶外修剪平整的草坪上，我閉起眼睛想像畫面，感到目眩神迷。

　　培恩老早來了。我們在入口處碰面。門口早已聚集許多參觀民眾，還有知名藝人出現。

　　中央大廳有開館演奏，帕格尼尼的二十四首隨想曲，吸引眾人注目。每個站點都有穿黑套裝繫領巾的志工導覽。

　　負責展場維護的組長用無線電通知我們到了。她領著我們到二樓樂器廳。此時，我聽到音樂播放薩拉沙泰的《Spring Selection 春之樂選》魔笛幻想曲。

輕快的樂音立刻使我的心情變得輕盈，彷彿跟著吹笛手走進入德國鄉間。

室內恆溫恆溼，柔和的燈光打亮展示櫃，一支支沉睡的提琴絕美脫俗。震撼我的還不止琴身美妙的紋理，時間留下褪色的琴頭與鑲線，遍布撫觸過的痕跡，我幾乎可以感受靈巧的手指游移的把位，還有演奏時所發出的美聲，那些走過歷史的靈魂。

「每支提琴幾度易手，身世是歷史有聲的見證。好拉的琴，才能留存下來。」

我迫不及待等工作告一段落，朝聖所有的展示廳，還有自動演奏的鋼琴。

爸媽進入館內開始保養工作。我幫忙記錄與遞交工具，聽他們細數每一把琴優異的特色。

「我不懂為什麼有些名琴的音色是新琴比不過的？」

「原因太多。專家認為是漆料，也有人認為小冰河期生長的木材密度，再也無法超越，但科學家找出生長環境的條件，騙過專家學者的耳朵。」

聽到生長條件可以改變，我受到鼓舞，也就是說，

a 小調第二號小提琴奏鳴曲 BWV 1003

我也有機會做出一把好琴。

琴不拉就會老化。媽媽喜歡用巴赫或西貝流士[12]試琴，那幾乎囊括所有的音。試完，她會交由我用乾布擦拭琴面，尤其是表面上留下的松香粉、灰塵極易與漆面沾黏，手汗的破壞力更強，甚至會腐蝕琴弦。

「這把琴出借過嗎？」

「唉呀。這把琴飄洋過海去紐約，坐渡輪時被偷走，狀況有些糟。」館員說，「幸虧警方找回來了。」

「難怪受潮成這樣，旋栓轉動很吃力呢。我得先除溼後再上點栓蠟。」

我負責記下故障原因，寫在 A4 大小的維修單，那是一本三聯式的複寫紙。問題最多的是頻繁摩擦造成面漆的脫落，跟一般刷油漆不一樣，若漆料不同，點刷只會造成更大面積的融合，補漆的功夫要老練，一不小心塗花，只會比原本更糟，是很棘手的保養。

爸爸還沒開口，我已準備好棉花。他接過手，輕快撫平粗糙漆面，沾蟲膠，平穩繞圈塗刷，這件工作

---

12 芬蘭作曲家，民族主義音樂和浪漫主義音樂晚期重要代表。

我最想熟悉，但爸爸絕不隨便讓我碰。每當進行這道程序，我總是看得特別出神。

「這支掉毛的琴弓長蟲啦。」媽媽的驚嘆稍稍尖銳一些，「小梅，拿除蟲劑來。」

「小聲點，媽。」

遇到這種事，我像媽媽的媽媽，提醒她別對我大呼小叫。該怎麼告訴她，別把我當孩子，現在我是個可信賴的夥伴呀。

我快速從工具箱取出藥劑，瞥見培恩在另一頭角落試琴。

他比之前憔悴許多，挺直的身子像一把上緊的弓弦。我向他揮揮手，培恩沒理睬我，甚至無視我。

這是怎麼回事？

本想問清楚，但是我發現問題出在培恩，他不願意試那些剛保養好的琴，甚至提出驚人的要求：

「我想借奧布爾[13]。」

---

13 耶穌・瓜奈里一七四四年製。曾為挪威小提琴家奧布爾 (Ole Bull) 所有，並以他命名，被視為國寶。

「孩子啊。它拍過電影，太多人想借，像美國大都會、巴黎音樂博物館……你最好試別把。」

「抱歉，先生。我只為奧布爾而來，不為別的。」

「挪威政府數度想高價索購，我們創辦人都不買單。你得清楚有些琴的緣分不能勉強。」

「是這樣的。先生，我忘不掉那音色的甜美與強大的爆發力，無論如何，我都希望演奏它。」培恩不卑不亢，以溫文有禮的態度向對方說明。

「老實說，那把野牛只有幾個人敢借。」

館員以柔性的勸導希望他打退堂鼓，雙方僵持不下，爭執得面紅耳赤。

我首次見到培恩對瓜奈里的執著，像要不到糖果變得死纏爛打的培恩，真的是我認識的他嗎？

培恩不僅沒有輕易妥協，甚至退一步說：「如果我能讓奧布爾再次展現他的絕色魅力，先生，您是否能重新考慮讓愛樂者再次讚嘆它的盛名。」

「這個嘛。唉。我從沒瞧過像你這麼固執的孩子。至於你的請求，先請你填寫申請表，交由審琴會議決定。如果你優異的表現需要奧布爾的幫助，也許上級

會答應也不一定。話說在前頭，借琴的不只你一個。
請再試試別的。」

「麻煩你了，先生。」

雖然培恩沒有立刻得到館方的批准，但是我對他
積極的態度留下深刻的印象。

許多事，我怕惹人不高興，完全無法主動提出自
己的想法，壓抑的結果，只有自己難受。培恩怎麼做
到的，他難道一點也不害怕？

本以為培恩絕對是個讓人難以拒絕的傢伙，只要
等候申請程序，借出的機會很大。此時，另一邊試琴
室出現奔放的樂聲，震撼四周。

有人正在試拉奧布爾。

第四樂章：快板

　　外婆寄來一大箱剛採收的聖女小番茄，隨箱附上巴洛克音樂大賽簡章，報名表攤開在茶几上好幾天了，我不想面對，和媽媽持續冷戰。

　　爸爸不想參與母女間的戰爭。原本媽媽要他幫忙遊說我參加，他卻反過來勸媽媽讓我自己做決定。

　　「你什麼事都別管，去忙你的事。」媽媽宣告她對我的主導權。

　　爸爸不再發表意見。媽媽不斷追問我音樂班考試發生什麼事？

　　「我不想提。」

　　就算我說出來也改變不了結果。

　　一想到那次的挫敗，好不容易恢復的平靜又被擾亂。那次啊，我特別加強樂理及音樂史，筆試成績不低，沒想到術科測驗會出問題。在家練習階段，有充足時間讓我發揮，肌肉沒那麼緊繃，媽媽總在出錯前告訴我答案。

少女練習曲

可是考試的模式，每位學生只分配到短短的五分鐘。

我對計時器的聲音非常敏感。那觸電般，短促、沙啞的嘰——帶給我呼吸上的困難。我太急著看速度標記、拍號跟調性，沒思索曲子整體的結構，讀譜讀到整身顫抖。樂句在哪？圓滑線、圓滑線。看到最困難的樂段也定不了速度演奏，拉錯一個音後，右手僵硬停住拉不動了，好想重拉一遍！肌肉反應與表情記號完全背叛了我，我一直重複同一個樂段，無法前進，耳朵像有百萬隻蜜蜂在裡面繞。嗡嗡嗡……

「小梅，還好嗎？」

走出考場外，媽媽的第一句探問隱隱刺痛著我。

我腹部糾成一團，胃部痙攣，我不敢告訴媽媽發生什麼事，滿腦子想自選曲該怎麼搶救回來。更沒想到，接下來的華彩樂段 [14] 我會栽跟斗，明明背好的譜，卻怎麼也想不起來，原本預備的炫技變成夢魘。底下

---

14 即裝飾奏（cadenza）。演奏者以即興或非即興的方式，展現華麗技巧的橋段，多出現於協奏曲中。

a 小調第二號小提琴奏鳴曲 BWV 1003

無數的眼睛跟驚嘆化成漩渦，在我暈過去前。

考試的陰影還未排除，媽媽拿新的比賽報名表來找我討論，倍感壓力的我又開始產生耳鳴。

「媽，我想我不適合這種制度。」

她臉上閃過一絲驚愕，「別輕易放棄，我在妳這種年紀已經參加國際比賽了。」

每次媽媽一提到自己以前如何，我就會陷入自己有多糟糕的內心批判。我決定不再由她來告訴我哪裡不好。

「媽，事情不順利我很難過，我已用盡全力，如果有需要，我會主動提。」

「我幫妳鋼琴伴奏，妳獨奏才不會容易怯場。我們的默契夠，過關並不太難。」

「我真的還沒準備好。」

「至少妳該試一試。」

「媽，知道嗎？也許妳不該為了我推掉職業演出的機會。」

「小梅！別這樣跟我說話。」

「妳的期待，我沒辦法實現。」

「妳以為我這麼做都是為了自己？」

「對，妳的虛榮心。妳不想輸給胡姨。」

媽媽情緒失控，罵我為什麼這麼偷懶，好說歹說都不改善。抱怨她為什麼要把所有的時間精力用在我身上卻被當成控制狂。她氣得發抖，用力甩門離開。

我受夠了！本想把報名表撕個粉碎，那股衝動好不容易壓下來。我告訴自己那不是妳想要的，別管她，去做妳熱衷的事。

實在無法待在房間，我悶悶走進製琴室，央求爸爸讓我在這待一會兒。

「小梅，要談談嗎？」爸爸聽到我們的吵架聲。

我挨近他身邊，希望爸爸給我一個抱抱。也許，這種時候媽也想要。

「我記得妳媽懷胎快五個月的時候，挺著肚子興奮地跟我說：『動了。動了』她認為那都是莫札特的功勞。就算我跟她說寶寶不是透過耳朵的空氣傳導，而是透過聲音骨，她也不信那套。事實上，妳聽到的

a 小調第二號小提琴奏鳴曲 BWV 1003

全是妳媽嘰哩咕嚕說話的聲音。」

　　「她永遠嘮叨個不停！」我學媽媽氣憤拔高的叫聲，「小梅──這是妳弄的嗎？」、「喔，小梅，我不是叫妳別這樣做。」、「小梅，快去練巴赫。」

　　我深深嘆一口氣，「我就是達不到她要的完美。」

　　「那妳瞭解過媽媽嗎？」爸爸掐一掐我的雙頰，「她可是拚命才當上媽媽的。」

　　「拚命？」

　　「為迎接妳的到來，注射非常多針喔。那段時間，腹水、手術讓她吃很多苦。妳媽可是連一點痛都挨不得的膽小鬼，仍堅持要把妳生下來。」

　　「為什麼？」

　　「因為妳的出生就是她最衷心的期待啊。」

　　「喔……也許，我真不該那樣跟她說話。」

　　「下次妳感到生氣時，記住媽媽是愛妳的，好嗎？」

　　我默默點頭，一副不想離開的模樣。爸爸知道我心底想些什麼。

「如果製琴是妳想做的，那就去做。這裡的材料跟工具妳都可以使用。」

「真的？杉木需經五年自然風乾。如果用掉進口木材，那接下的訂單怎麼辦？」

「兒童琴的部分，我開始採用本地的杉木。別擔心，去選一塊妳要的。」

我振作精神，篩選木紋間隔均勻的杉木，挑兩塊裁切好的材板刨平，如翻書般翻開，左右對稱，找出垂直紋路，塗膠固定，畫出提琴的輪廓線，以線鋸切出面板外形，一刀一刀鑿出弧度。

專注做細部修整能使我內心漸漸平靜下來。每一塊刨花由於我的努力散發出扎實的馨香。我用掌心去撫摸木頭的平整度，感受每一條紋理的生成，彷彿雕塑新生命，讓我著迷不已。

這將是培恩的琴。

不曉得他現在正做些什麼？

面向楓樹林那片玻璃窗起了霧氣，窗格留下一張模糊的臉孔，隨著冷空氣慢慢消失無蹤。

a小調第二號小提琴奏鳴曲 BWV 1003

b 小調第一號小提琴組曲
BWV 1002

暗灰色的 b 小調

第一樂章：阿勒曼德舞曲

　　培恩沒有借到奧布爾。最後由一位年輕小提琴演奏家借去俄羅斯。

　　胡姨不許他太任性，勸他往好處想，「那把琴不好駕馭，用來比賽不是好事。」

　　失望的培恩尚未調好心態，努力適應館方審核通過出借的「喬凡尼‧泰斯托瑞」[15]。

　　這把琴的外表粗獷，低音乾澀而有力，不是培恩平時喜歡的那種調性。

　　他花幾天調音，摸索泰斯托瑞的音質。為確保萬無一失，培恩帶著泰斯托瑞交給爸爸保養，說出心中的懊惱。

　　經過一杯茶的時間，媽媽試奏過後，建議他演奏俄國作曲家普羅高菲夫的 D 大調第一號小提琴協奏曲，

---

15 喬凡尼‧泰斯托瑞（一七二四～一七六五）：義大利米蘭泰斯托瑞製琴家族第三代，此琴製於一七六〇年。

b 小調第一號小提琴組曲 BWV 1002

卻惹惱胡姨。

「現在換曲子哪來得及？你有多少時間練習？沒有！」胡姨氣得跺腳，「你要想清楚啊。我們還有下一階段目標，別自亂陣腳。你們倒是幫我勸勸他啊。」

頭一次，培恩露出困惑的表情，語氣充滿猶豫，「捉緊練習還是有機會。」

「鋼琴伴奏呢？培恩，我的手還沒復元，沒辦法咬牙幫你。」

胡姨要培恩多想想的心情我能明白，換作是我也傾向於保守一點。也不知他怎麼回事，硬是損上胡姨。

「我老早就想這麼做，阿姨只不過說出我的想法罷了。」

「嘖，你這孩子真亂來，做事有欠考慮。」

「不，剛好相反。我是慎重考慮過的。阿姨的伴奏對我的演奏比較有助益。」培恩竟然說出難以置信的話，「她彈琴不會搶走小提琴的風采，每一小節都只為襯托出小提琴最大的優點。」

那是真的。胡姨一碰到鋼琴就像表演她的獨奏

會，使其他樂器相形失色。原來培恩眼中閃過的妒意是這個啊。他一定不曉得，我媽會反覆在每一小節磨掉你的耐性跟信心，直到你處於崩潰邊緣。誰能過得了她那套魔鬼訓練。

「我很久沒登台演奏，正好那首曲子我很熟悉，阿姨答應幫你伴奏，條件是你得來我這兒練習。」

真不敢相信媽媽要幫培恩，難道這是她打算復出的前奏曲？

胡姨拉不下臉，轉而問我提琴的進度。

「想趕在大賽之前做出來根本來不及，如果妳有這種打算的話。」我不敢打包票。

胡姨拿大家沒轍，成了被說服的一方。

培恩想看半成品，我以為他只是找個藉口離開一會兒。我們一起待在製琴室。

「我要是你，應該也會這麼做吧。」我試著開口安慰。

但是，培恩沒理睬我，只是隨意看我一眼，繞著每一處角落打轉，甚至蹲下來翻找，連桌子底下也不

放過。

　　我知道他在找什麼了。爸爸沒動過位置，瓜奈里還在那，而他看見了。

　　「請告訴我，為什麼我的瓜奈里還在妳家？」培恩尖銳地質問。

　　他的咄咄逼問使我慌了手腳，好像我是爸爸的共犯。

　　「抱歉，培恩，我想也許有什麼誤會。」

　　「妳知道我回家後有多吃驚嗎？一直想不透原因，我並沒有告訴媽媽，她會做什麼妳也知道。我並不想破壞跟妳之間友好的情誼。」

　　「別生氣，我會給你滿意的答覆。」歉意迅速爬上我的臉。

　　我正要去問原因，撞見站在門口的爸爸。他出面解釋。

　　「你母親的確買了兩把按照瓜奈里模型製作的琴。要說它們不是真品也沒錯。以製琴師的立場，仿古是向大師致敬，如果有人分辨不出外觀的差異，表

示技藝達到同樣的水準，誰不會深感榮幸呢。讓你帶回去的也是瓜奈里，我只想防止你母親一時憤慨焚琴。」

「那這把到底是……」

「是保養完美的瓜奈里二世。有空再交換回來吧。」

對於爸爸保護提琴的作法，我替他捏一把冷汗。原來深鎖在防潮箱的名琴並不只是收藏。

「原來如此。」培恩雖然不再生氣，但對爸爸的解釋似乎存疑。

培恩依然感謝爸爸之後離開，並說過幾天回來換。

「沒想到爸以琴惜琴。實在令我佩服。」

爸爸的表情轉而無奈，「其實啊，小梅，我收藏的那把琴也是仿製。比對兩者後，還真是深受打擊！標籤、烙印都是自由心證，別告訴妳媽媽那把琴價值二十萬，至少，我沒妳胡姨損失慘重。」

我本來想阻止爸爸繼續說下去的，但真的來不

b 小調第一號小提琴組曲 BWV 1002

及。站在他身後的媽媽聽見剛剛的坦白，簡直怒火中燒。

「所以，你把我們的積蓄拿去買一支假琴？」

「這個嘛。妳知道的，看走眼是常有的事。」

「韓先生——你竟敢把話說得那麼輕鬆。」

唉。爸爸說的沒錯，買古琴真的是拿命去換。當爸媽為家庭收支對質時，我最好閃邊去，這是內戰，沒人能保持中立。

他們吵太凶，鬧到外婆那兒。外婆知道這件事後，採取積極的反制行動，揪出那家琴商，讓他勒令停業。

外婆警告爸爸，「購琴的人因為怕手上的琴無法轉手，而不願意揭穿琴商的漫天叫價，受害者只會更多。」

外婆在我心中的位置竄升到不可冒犯的神聖地位。她收伏了琴商，教訓了爸爸。之後，媽媽叮嚀我要收拾好房間，「外婆這星期要來治治妳。」

我從不知道自己成了問題。

第三樂章：庫朗舞曲

外婆的教育理想是給孩子好的環境，沒有教不好的孩子。她經營的音樂教室收過完全沒有天賦的學生，據說那個孩子努力一年，代表學校參加音樂比賽獲得北區優等，靠熱情與努力走上音樂之路，這只是外婆教學奇蹟的其中一例。

對了，他就是培恩。外婆識人的眼光一向準確。

我落敗那次，外婆來看過。她斬釘截鐵告訴媽媽，「她跟妳不一樣。舞台造成她的負擔。」

媽媽認為緊張可以克服，如果我不能獨奏，也能合奏。一開始媽說對了，我的確克服了一陣子，參與學校樂團好幾場公開表演。密集團練使我的身體開始出狀況，分部練習時，我總是聽到別人的缺點，其他同學按照指導老師指定的指法，我奏練習曲卻不時改變，我只是想替換手指，有效改變揉音的強烈，做出具有表情的滑音。首席陶曉莉跟其他成員交頭接耳──那個小梅，她以為自己有多特別。

漸漸地，弦樂團成為我格格不入的地方。

本以為外婆一來會拿我開刀，數落我的不是，結果完全相反。她打破我們家的金魚缸。

外婆先勘察住家附近的地理環境。從房東巴爺爺那兒知道這裡只剩下一百戶家庭，小學僅僅一百多位學生。

「這裡需要好老師。」

外婆的處方箋給得快又精準。

「教自己的孩子看不見問題，教一群孩子妳才會把眼光放遠一點。」外婆對媽媽說，「妳需要有所發揮的舞台。」

「也對。小梅長大了，不怎麼需要我。」媽媽說話酸溜溜的，「反正韓德善在家教她製琴。」

「別說氣話，人都會疲倦的。讓孩子休息一下沒關係。」外婆試著打圓場。

媽媽在我身上的挫敗感突然有了出口，打算去那間小學教音樂。這個決定使爸爸跟我措手不及。我們必須搞定所有家務。

外婆看見我雙手滿是刮痕，指甲邊緣磨破皮，新傷蓋過舊繭，無比溫柔搓揉我發紅的手腕。

「小梅努力到這種程度了呀。」

外婆專注看著我的臉，拇指撫過那些使我難過的地方，彷彿她眼中只有我。

「原來我們的小梅是長在深山的青竹，總算能好好一節節長高啦。」

她轉身對爸爸叮嚀，「響鼓得要重錘敲，好弓才拉得響好琴。」

「是，是，是……」爸爸頻頻點頭。

我聽不懂外婆到底說什麼，這兩句話久久纏繞我心頭。我想外婆是來治女兒的，女兒治好了，外孫女也會好。

在外婆溫柔的注視下，我繼續以手工線鋸切音孔，以圓銼刀修邊，低音樑的安裝必須與琴板的弧度吻合，安裝好底板，以夾具固定後，等著膠乾後拆模。

這一切都在外婆的眼皮底下進行。她很有耐心看著我做，不發表任何意見。

當我停下來休息，外婆才開口說，「妳要調整好體質，整天待室內對妳不是一件好事。別變成養在缸裡的金魚。」

「我才待不住呢。我啊，常去楓樹林散步。」

「小梅，妳該來外婆家住個幾天，我讓妳瞧瞧一些東西。」

「好啊。等我做好培恩的琴可以嗎？」

「妳幫培恩製琴？」

外婆很詫異，轉頭瞥向爸爸，一副你最好給我一個交代的眼神。

爸爸兩手舉高投降，特別聲明，「這可不是我的主意。」

「最好是你說的那樣。」

外婆的話裡有警示意味，更顯出她的權威。她是天生的指揮家，樂席間走調的樂器全逃不過她耳朵。

爸爸敬畏她。

她告訴爸爸——要娶我女兒得有點本事——這句話讓爸爸從木匠變成製琴師。

外婆把我拉近她身邊，「妳每天照鏡子時，都要對自己說好聽話。」

「該說什麼呢？」

「別急。先觀察自己的表情，找到妳喜歡的樣子。

告訴自己一切會是好的開始，而且我要用這個樣子過今天。」

我喜歡笑，卻老擺出討人厭的樣子，也許我真該換個表情。

「小梅，學會觀察自己，不必改變或強迫自己得怎麼想，妳要知道自己正在做些什麼，這麼做有什麼感覺，這些感覺妳還想再有嗎？」

嗯。我好愛聽外婆說話，喜歡她說話的方式。

「妳有靈敏的聽力，如果要走製琴這條路，也要有好眼力。」

「眼力？」

外婆勾起我的好奇心，我的視力還不夠好嗎？要怎樣的眼力才夠？

「以後妳就會知道。」

噢，外婆屬害的地方就是讓我想不透她話裡的意思，直到我碰上時，才會恍然大悟──她說得沒錯。

媽媽去學校面試那天，我祕密練習巴赫的無伴奏小提琴組曲。

我還發現窗外始終有一雙窺視的眼睛。

第五樂章：薩拉邦德舞曲

完成粗胚那天，培恩來了。

他的琴弦磨損得太誇張。德製的鋼絲琴弦竟然斷掉。

我在心裡進行演奏巴赫《G 弦上的詠嘆調》。關於他的練習琴，我原本想用音質好的尼龍弦，可是，哪有什麼材質擋得住這位瘋狂練習生的操練。

爸爸終於說話了。

「培恩啊，照你這種斷法，要是出生在一九三〇年代，你可就麻煩啦。那時可得找失事擱淺的日本飛機，抽機內的鋼線才行呢，鋼線還要纏銅、纏鋁。像你拉斷的 G 弦最麻煩！」

其實爸爸要說的是，損壞頻率高就別再追求音色，不如使用耐久的合成尼龍弦。雖然爸爸對頻繁修琴感到頭疼，仍優先修理培恩的琴，讓他的練習不會因此中斷。

培恩滔滔不絕解釋，「我完全停不下來啊。尤其拉到快斷時，那個聲音才能讓我得到最大的滿足。」

我懂他在說什麼，那是魔鬼的呼喚，為了攀高曲子的難度，疾疾如風地磨技，宛如站上音浪的尖端，為探測的那個音而不惜餘力。

　　手工琴最大的不同在於，製琴師對演奏家的瞭解。琴身不僅涵蓋工藝的極致以及對音樂的追求，還融合兩種藝術靈魂的共鳴。我總算體會到了。

　　我的琴先借培恩練習和媽媽的協奏。

　　自從媽媽到小學教音樂，她變得比較開心和快樂。她喜歡忙得團團轉，全心全意投入教案，包括培恩自選曲，她也不馬虎。

　　琴音充滿整間屋子。那種感覺很微妙，好像除了我以外，媽媽可以跟其他人合拍。爸爸想緩和我跟媽媽之間劍拔弩張的氣氛，笑笑說：「妳的叛逆期剛好碰上妳媽的更年期啊。」

　　什麼嘛。我覺得一點也不。比那複雜得多。

　　那是從媽凡事用獎勵、點數累積起來的積怨。一百點換一場電影或晚睡，而我永遠達不到一百點。何不給我一個讚美就好，別只用「繼續努力」打發我，我希望她能親口說出「我覺得妳做得好。」

沒錯。我的確在乎媽媽對我的感覺。

「培恩，這一小節我們再來一次。」媽媽的語調變得比較客氣。

「好的。」培恩不管要求多少次都照做。

光用耳朵聽他們每一小節完美的指導與配合，真令人吃味，她竟然對待培恩比我還有耐性。

「妳今天看起心浮氣躁的，怎麼回事？」爸爸發現我不對勁。

「沒有啊。手刮傷，很痛。」

我不想分散注意力在他們的集中練習上，只想以美麗的心情完成琴頭。

沿著螺旋狀的琴頭模板，我畫出琴頭捲曲內彎的外形跟切割線，依照線條，鋸出粗坯，挖旋栓孔，潤溼吃刀的部位，再依不同弧度使用尺寸大小不同的雕刻刀，線條必須刮得平滑，尤其是下巴的弧度與長度要適中，才不會影響按弦。

正當我好不容易進入狀況，我聽到媽媽說一些話，「培恩，我覺得你很棒……」、「這個樂段，我覺得你做得很好……」

要是我耳朵沒那麼靈敏，便不會聽到有的沒的聲音。我曾向達克醫生抱怨，他給我一個實用中肯的建議，「妳可以自備耳塞阻隔噪音，別讓那些聲音傷害妳。」

　　往後，只要培恩來練琴，我就用這個方法，戴上耳機聽些輕音樂，像浪濤拍打海岸或是水流聲。這樣的世界安靜多了。

b 小調第一號小提琴組曲 BWV 1002

第七樂章：布雷舞曲

「你們絕對不敢相信，我想替孩子們成立弦樂團的事，通過校長那一關，沒想到吧？」媽媽十分雀躍。

豈止不信，我跟爸爸簡直嚇壞了。

「學校哪來那麼多琴呢？」爸爸問。

「好問題。除了你還有誰做得來。」

爸爸拍擊額頭，「我就知道。」

「小梅，妳也來幫忙趕製。」

媽媽倒是頭一次滿懷興奮要我製琴，那也挺好的。只不過我們都忽略一件事：學校的經費有多少？

「租借？」爸爸跳起來抗議。

「嗯哼。你就好人做到底嘛。」

媽媽管轄範圍擴大了，我們沒理由不幫，這樣耳根子可以清靜點。

隔天，我們去學校量孩子們的身高比例。有些年紀小卻長得高，有些個兒嬌小跟我一樣。校長歡迎我們當志工，一起啟蒙孩子的音樂教育。互動中，我發現他們看不懂樂譜。

少女練習曲

「小梅姊姊，這是吊在電線桿上的豆芽菜。」

「那不是電線桿是五線譜，不是豆芽菜是八分音符。」

「哇噢，是八分音符啦啦啦。」

孩子們喜歡重覆我說過的話，故意加長尾音。「姊姊」這個稱呼好新鮮，在家裡我沒有機會當姐姐。

我感到不解的是，媽媽為什麼沒教樂理，他們看不懂樂譜要怎麼演奏？

「看老師的手指怎麼動的啊。」小男孩比手畫腳。

「不覺得他們很可愛嗎？別那麼快拿樂理嚇他們。」媽聳聳肩，不覺得那是問題。

媽媽改變說話的語氣——這沒什麼大不了的嘛——那種開明豁達。不僅做事的步調緩慢，她現在聽山鷦鴣叫一整天也不會煩。

他們的音樂功課是塗色，徒手畫音符，誰畫越多，點數越多。這些看起來不受控制的孩子，卻很喜歡媽媽訂的規矩，對他們來說是課堂遊戲。

「為什麼媽那套方法在我身上不管用了？」

「我想，妳媽教別人的孩子比較沒那麼大的壓

b 小調第一號小提琴組曲 BWV 1002

力。」爸爸說。

這個疑問在我第二次來這裡時，找到蛛絲馬跡。

孩子們跟我一樣有靈敏的聽力。

我騎巴爺爺的老鐵馬，上坡時車輪軋軋作響，他們全部擠到窗邊喊：「加油，小梅姊姊。」

那是多麼令人愉快的語調啊，真是讓我精神抖擻。媽媽一定非常享受這樣的呼喊。

進到教室，媽媽正在黑板上畫出兩組五線譜，各自標上高音譜記號跟低音譜記號。

「這裡有五條線，兩條線中央叫『間』，誰能告訴我 Do 住哪裡呢？」

小朋友們急著舉手，「我知道，我知道。」

司阿定快速跑到講台前，拿起圓磁鐵放到正確的位置，他不給別人搶答的機會。

小朋友群起鼓噪，「不算。不算。要舉手才可以。」

「好，再來一次。聽我說：Do 要上樓去找 Mi，經過誰的家？」

「選我，選我。」司阿定舉手最快。他大搖大擺

來到五線譜前，「Re 的家。」

　　媽媽的認譜方法變成遊戲，真令我懷念，可惜，我不可能再跟媽媽這樣玩。

　　講台底下，我幫忙指導還沒進入狀況的孩子。幾小時內，不怎麼愛說話的我竟然開口講一周的話量。

　　「把你的手掌攤開放橫的，指就是線，指跟指中央就是『間』，其實每個人身上都有五線譜喔。間隔幾條線跟間就是度。」

　　孩子們低頭數著自己的手，立刻展開笑靨。

　　我五歲養成的小動作，食指指到哪，馬上發出那個音。別人數羊，我數音符。

　　我突發奇想出一題腦筋急轉彎問司阿定。

　　「請問小提琴住在哪？」

　　這下子，他露出滿臉疑惑，搔抓著腦袋，恍然大悟說：「是這裡 La。」

　　他指著中指與無名指中間的位置。司阿定的聲音很多汁，嘴邊一堆飛沫，還有橘子的味道。

　　「答對了。」

　　手指只是一種方便記憶的方式，沒有絕對該怎麼

玩的規定，我就是喜歡這一點。

　　媽媽拿出小提琴音階貼紙，讓孩子們依序貼在指板的部位。這真是差別待遇啊。

　　她不准我把小提琴貼得花花綠綠的，我得善用調音器，訓練聽音，而媽媽可以不用調音器，只用耳朵。我花多久時間才記住音階跟把位的呢？回想起初學階段怕按錯位置，養成一雙眼睛死盯著指板，為了看到手指按在正確的位置，不自覺打直琴身，肌肉牢牢記憶把位所花費的時間整整快半年吧。這還不是最難的，最可怕的是耳朵聽不出拉錯的音。這個音不準，後面連環走音。不管你多厲害，每天要做的仍然是練音階。

　　奇蹟似地，教室裡此起彼落的聲音像一首交響樂曲。媽媽問：「音樂最重要的不在音符裡，會在哪兒？」

　　在身體裡。我默答。

b 小調第一號小提琴組曲 BWV 1002

d 小調第二號小提琴組曲
BWV 1004

墨綠色的 d 小調

第一樂章：阿勒曼德舞曲

巴爺爺要帶我們要去看「撞到月亮的樹」。

天濛濛未亮，媽媽帶樂團晨練，爸爸和我跟巴爺爺一塊往深山走，當然黑吉也去。

我模仿巴爺爺叫黑吉，嘿唧唧唧……起初，牠一臉困惑，沒多久就接受我的叫喚。

雲霧繚繞，我們大汗淋漓走了將近六小時，來到一片斜坡陡峭的林地。

爸爸訂不到國外木材。由於暴風突襲義大利東北部的小提琴森林，二百五十萬棵杉木連根拔起，那裡的雲杉做出無數名琴，史特拉底瓦里就是來自那裡，復育得等上五十年。加拿大雲杉頓時全球炙手可熱，一時之間，找不到替代來源零購，偏偏爸爸還得搞定媽媽的小學弦樂團。

巴爺爺解決爸爸的困境，他在山上有塊地。

「只要你肯來種樹，我就借你用。」巴爺爺的提議相當誘人，「那些台灣杉經歷多次冰河災難，未覆

d 小調第二號小提琴組曲 BWV 1004

滅的倖存木留在高海拔地區。」

　　一聽到巴爺爺願意提供珍貴的山林資源，爸爸沒多想就答應了。他認為我不入地獄誰入地獄呢？種樹有什麼難？他尋求媽的支持，媽媽天真以為樹種了會自己長。完全忘掉，我的成長過程問題層出不窮，生命沒那麼簡單。加上我頻頻出狀況，剛好給他們搬來這兒的正當理由。

　　也必須要有個理由。

　　巴爺爺栽植台灣杉六十年，林務局退休後，不打算離開山林，他深愛這裡的空氣、土壤、水質，跟兒子媳婦住不到三天就得思鄉病。杉木六十年才開花，每一棵高過三十公尺，他那身老骨頭爬不上去。

　　「我必須定期去母樹林採種育苗。你們肯來幫忙可真好。」

　　巴爺爺稱台灣杉為台灣爺，彷彿永遠有人比他還老。

　　要判斷哪棵樹種子成熟得靠巴爺爺的經驗。但是，有時杉樹長太高，目視也沒那麼準確。爸爸穿著釘鞋，一步步往上爬，發現種子仍然青澀的時候，他

少女練習曲

像無尾熊那樣抱緊樹幹，等待巴爺爺的指示。

「你看隔壁那棵怎麼樣？」

「隔壁？」

所謂隔壁其實有兩公尺寬，這片人造林種植的密度疏鬆，巴爺爺勤於修枝、除掉枯枝，雜草藤蔓經過打理。

爸爸巴不得能像台灣獼猴一樣，從這棵直接盪到另一棵樹。糟糕的是巴爺爺常忘記爬過哪幾棵樹。

我的用處是記性好，甚至於我也開始爬樹。媽媽要是知道的話，一定反對。

杉木有一股香味，巴爺爺說含有木酚素。我雙手圍抱剛剛好，毬果在樹頂梢，越往上爬，這個世界就只剩下風跟鳥的聲音。

鱗片狀的杉葉刺入我戴的棉布手套，我唉唷一聲，忍著刺痛摘下褐色的橢圓毬果。

爸爸在另一棵樹上緊張喊：「小梅。還好嗎？」

「我沒事。」我看不到爸爸，只聽到他的聲音，我告訴自己別往下看。

危險的不只是意外重摔，萬一遇見虎頭蜂可就不

d 小調第二號小提琴組曲 BWV 1004

妙。幸虧巴爺爺經驗老道，去之前要我們穿好明亮光滑的防護衣。樹幹栓皮龜裂成條，不斷磨著我內側的腿，一點也不輕鬆。

巴爺爺說：「很久以前部落的木匠會來剝樹皮，下刀三十幾公分，傷口很快復原，烤乾樹皮當建材。自從他們不住這裡，樹木開始生長過密，鬱閉的地被植物過多，好的樹材反而長不高，也長不好。」

「沒人肯做林木業吧。」

「是啊。」他感嘆說：「我聽到你會做小提琴。老想著，要是這些杉木能做出美妙的樂器可是件美事。恐怕只有你做得來。」

「真有遠見啊。爺爺。」爸爸指的是他被相中的事。

我懷疑爸爸是巴爺爺拐來的。畢竟台灣杉跟義大利雲杉相比，用於琴材的資歷不長，能不能做出一把好琴，還得看製琴工藝跟特殊處理。爸爸選材時，有螺紋的不用，紋理越直傳播越好。

巴爺爺還說：「不能每株都砍，要以會干擾成長的優先，疏伐胸徑中等的台灣爺，讓它乾淨清脆的音

質發揮出來，妳聽。」

我靠近鋸下的一塊面料，心材黃紅帶著紫褐暈條。

爸爸用手指敲一敲，「傢俱用的木頭響聲砰砰砰，但我手上這塊是噹噹噹。」

「一公分的台灣爺大概要花七到十七年的時間長高呢。我在海拔更高的地方看過超過千歲的。」巴爺爺一一細數杉齡。

「這裡有千年木？」我實在驚訝。

「呵呵呵。有喔。幸虧日本時代沒被砍下來呢。我跟這些台灣爺一起慢慢變老，可惜年紀越來越大，沒有體力守護他們了。」巴爺爺嘆口氣。

「沒想到我們有那麼多好的木料，只要懂得怎麼用，就能讓它生生不息。」爸爸環視整片杉林。

「我長得比樹快得多，我來保護它。」我總是說出過於樂觀的話。

黑吉發出警戒的吠聲，對著茂密的草叢猛叫，嘶嘶聲使我一陣毛骨悚然。

「小梅！別動。」

我聽到吐信的聲音。

巴爺爺用樹枝迅速壓住牠三角形頭部，不斷蜷曲纏扭的蛇身紋路斑斕，被排灣族視為山神化身的百步蛇差點咬我一口。

我嚇傻了。要是媽媽知道我遇到危險，下次絕不讓我來。

「我們走吧。」巴爺爺說：「我們去看撞到月亮的樹。」

聽說它足足有一千歲。森林裡的聲音非常多，我們走過一片地衣，穿過一望無際的野徑，終於親眼目睹那聳入雲霄的杉樹，樹身纏繞著愛玉子的藤蔓，山風像在低語，起捲的樹皮下，彷彿蘊含神祕的生命力。

綠蔭樹叢間，有一種蟲鳴不斷發出 SiSiSiSi 的聲音在山林迴盪，好像鬼魂的遠播。

「像是蟲斯前翅的發音器呢。」爸爸說，「我每次聽這種聲音就想撒尿。」

「不止這種聲音，我們家後門的楓樹林裡，常有聲音叫我記得鎖好門。」我說。

「是嗎？我太太去世前，經常那樣叮嚀我。」巴

爺爺一臉懷念。

　　我整個僵住，完全笑不出來。

　　「要爬上去至少兩小時啊。」巴爺爺拍拍它的樹圍，「等爬下來時，太陽就下山了。改天我們再來吧。」

　　我們仰頭驚嘆連連，像傑克遇見魔豆樹，聳入雲霄。見到它之後，我再也忘不掉。

第二樂章：庫朗舞曲

冬陽照著他單薄的衣裳跟不合身的短褲，還好過了最冷的時節。

媽媽帶的弦樂團目前增加至六名小提琴手，家裡所有能派上用場的提琴都被借來用。我幫忙送小提琴來的那天，見到司阿定。

他假裝沒見過我。

那對眼睛我不可能認錯，野獸的眼睛，孤單的眼睛。我不想拆穿，等他露出馬腳。

他沒用我帶來的琴，正確地說，他手上有一把修補過的琴，我正想追問琴的來源。

我試著勾起他的反應。我模仿杵音，他拉近耳朵說外地遊客來這時，他的媽媽常常表演，可惜現在沒法做了。我提到瀑布，他別過頭語帶哽咽，那是他爸爸死去的地方。那些話裡的悲傷使我不敢再問下去。

所有孩子裡，司阿定琴技最好。其他人不服氣，「司阿定不曉得哪來的琴，要是我也有，才不會比他差喲喲喲。」

孩子們調皮搗蛋互相追逐、搔癢、打打鬧鬧。

司阿定修補過那把小提琴，雖然拙劣，但音色不差。

沒見過這麼厲害的傢伙，光是貼在製琴室的窗戶看爸爸怎麼做，他就懂得怎麼修，那種好眼力，就是外婆說過的能力。

小樂團裡，媽媽的魅力無窮，孩子們愛巴著她不放，一下問東，一下問西。她只要輕輕敲譜架兩下，所有的孩子就會安靜，乖乖拉琴。

團練時，我的耳朵扮演糾察隊，總能聽出誰是老鼠屎。孩子們覺得小梅姊姊好厲害，耳朵怎麼那麼靈。尤其是司阿定，「哈哈哈，她連我放屁都聽得見。」我賞他一個白眼。

不知不覺，小小的樂團凝聚向心力，那是我從未體會過的，孩子們彼此之間沒有競爭，他們只是單純喜歡拉琴。我重新愛上團練，有時我沉浸在練琴模式。這一切看在媽媽眼裡，她什麼也沒說。

老實說，我頭一次融入一個團體。只是不明白為什麼會是在這樣的地方？

休息時間，孩子們嘲笑司阿定吹牛，一個人怎麼可能住在樹上。

　　他氣呼呼向所有人宣戰，「來啊。你們有膽就來爬我家。」

　　放學後，一堆人吵著要去看他的家，我也跟去。

　　一路上荒煙蔓草，越走越不對勁。孩子們肚子餓，一個個掉頭回家，說不去了。最後只剩下我跟他。

　　這不再是證明的問題。

　　「妳不回去嗎？他們都走了。」

　　「沒事的。我跟你走，看你的家。」

　　「你餓了嗎？」

　　「不餓。」

　　他蹦蹦跳跳像隻小羊，顯得開心極了。

　　我們在樹叢裡鑽進鑽出，芒花與雜草黏滿我們的衣服。

　　「妳真的願意來嗎？月亮快出來了。」

　　「說好的。一定。」

　　他領著我來到一片千年杉樹群，數不盡的參天古木。他來到一棵特別寬的杉木前，拉起寄生的愛玉子

藤蔓往上爬。我深呼吸一口氣，決定跟上。
寄生的蕨葉有些滑溜，愛玉子結實纍纍，按
照他的腳步爬，就能避開一些無法著力的
枝椏。

　　沿著樹幹繼續往上爬，他熟門熟
路說，「噓，那裡有蜂窩，別碰著
了。」

　　我看到橫生的樹枝蜷了好幾
圈的青蛇，我學會安靜往上爬。

　　真的看到他所謂的家。

　　那是由樹皮、枯枝與茅
草搭建的陋棚，甚至連

棚都算不上。有一窩未孵出的鳥蛋跟乾燥的茶樹菇，一些破舊了、使用過的器具，小提琴在陰影裡透著棕紅。

「你的媽媽呢？」

司阿定指著月亮，「在那兒啊。」

「那麼遠啊？」我以為他指遠方的城市。

「這是我看著他們最近的地方。」

今天是滿月。他說的沒錯，只要伸出手，好像能摸到月亮。

「爸爸常帶我來摘愛玉子，媽媽會在樹下接我們拋下的果實。」

不知名的鳥啾啾叫，遠方山谷像螢火蟲般一閃一閃微亮，我聽見黑吉的遠吠漸漸靠近。

我模仿夜鶯的歌唱，學媽媽唱的搖籃曲，安撫與輕拍，好像我原本就懂得這麼做。

司阿定漸漸發出微微的鼻息。

樹葉間出現一對金色的眼睛，一隻貓頭鷹瞪著我，不斷發出咕咕、嗚嗚……

d小調第二號小提琴組曲 BWV 1004

第三樂章：薩拉邦德舞曲

學校知道司阿定的狀況後，安排他暫時住巴爺爺家，等找到遠房的親戚，再做打算。巴爺爺可樂了，司阿定摘毬果的速度無人能敵，還有好眼力。

黑吉聽到小提琴聲會跟著節奏嗥叫。

這天陽光普照，山風輕柔吹拂，是替小提琴上漆的好天氣。

調配琴漆一向由爸爸獨立作業，以往我連碰都不行。也許我的表現逐漸獲得他的信賴，他要我瞪大眼睛看怎麼調配。

完整的上漆程序為底漆、隔離層、面漆、拋光處理。雖然有人迷信史特拉底瓦里的底漆配方會影響琴音，可惜祕方失傳。藤黃的色澤金黃，但有毒性，爸爸採用簡便傳統的方法。隔離層的調製，我先以低溫溶化阿拉伯膠，再加入各半匙的蜂蜜與蔗糖，增加延展性跟收縮，使底漆免受氧化。

巴爺爺的母雞派上用場。

新鮮的蛋白液加入後，刷出來的膜才不會太厚。

「面漆還是由我來弄。妳仔細看。」

爸爸把乾蜂膠、松脂粉等等材料隔水加熱。我發現司阿定抱著小提琴，一副侷促不安的樣子。

「你怎麼了？」我開門，讓他進來。

他環顧四周，溜進製琴室，「你能救救這支琴嗎？」

爸爸好人做到底，「好啊。但是有個條件。」

「什麼條件？」

「你得幫忙才行。」

「那有什麼問題。」司阿定立刻點頭。

依他對製琴室的好奇程度，看來我快要收小師弟。他幾乎每時每刻好奇觀察我們的動作，永遠有問不完的問題——為什麼這樣塗、那樣削？

他甚至帶著巴爺爺的台灣杉，來學怎麼製琴。力氣跟速度都比我快得嚇人。

我用毛刷仔細刷過琴身，不能來回刷同樣的地方，推起的粗糙處，再用棉花團沾亞麻仁油打圈圈，輕緩整平。

d小調第二號小提琴組曲 BWV 1004

我們掛四五把小提琴在簷廊下等著風乾。司阿定修補自己那把提琴的漆。我跟爸爸當然知道怎麼回事，我們覺得實在不重要了。

「把你的瓜奈里給學校的孩子用吧。」媽媽的要求逼近爸爸底限。

「唉呀。妳饒了我吧。」

媽媽去學校教書這段期間，我悄悄拔高，還做好新的「小梅」。它的音質甜美，恰恰適合屬於我的風格，詮釋不一樣的巴赫。

每次獨奏都像拉奏自己的歌，準確到達我要的音，每條紋理我來回撫觸千萬遍，每碰一次將使它更加潤澤，就像自己的孩子。

爸爸驚訝於我做的五弦琴。

「加C弦？妳怎麼會有這種想法？」

「只是好玩，其實跟G弦共用同一軸孔。中提琴才有的C弦加進來，增加音程。」

「這恐怕只能妳自己玩，大部分的演奏者不會接受這樣的怪物。」

我討厭爸爸這麼說。沒想到司阿定把玩起五弦

琴，「哇，小梅姊姊好厲害喔，還可以這樣加啊。」

我打電話告訴培恩，「琴好了。」可是，聽他的口氣不怎麼高興。

「別告訴我媽這件事好嗎？」

「為什麼？她遲早會知道。」

「我真不喜歡她到處說藍寶石小提琴的事。」培恩坦白講，「古琴的美妙得經過時間的淬鍊。」

「雖然是練習琴，我仍按照瓜奈里製版，再加上胡姨要求的藍寶石，希望你喜歡。」

「謝謝妳那麼用心，但那不是我要的。」

培恩的話讓我受傷，懊悔自己是不是做錯決定。

可惜，胡姨還是知道了。媽媽要胡姨來拿琴，以為能早點結束我的沉迷。她沒料到胡姨另有打算。

「嘿，小梅。阿姨有個好主意。我幫妳做的小提琴送到義大利 ANLAI 製琴比賽，青少年組要是得獎，身價就能水漲船高。」

「夠了喔。別把她扯進來。」媽媽生氣極了。

曾經，胡姨幫爸爸報名參加美國 VSA 製琴比賽，特色是仿古跟新琴（NEW STYLE）擺在一起評比。爸爸

為了獲得傑出工藝獎，很長一段時間，沒把心思放在我們身上。

至於改裝的五弦琴，胡姨連看都不看一眼。她滿腦子想把培恩的藍寶石小提琴推到鎂光燈下。同樣初試啼聲的兩把琴，我每一步驟都仔仔細細，難道五弦琴不好嗎？

胡姨接著說：「既然以小梅的英文名字 May 參賽，小提琴就叫『五月』吧。」

「我沒什麼意見。」我鬆口氣，只要不用上台比賽，對我的影響不大。

「這真是妳要的？」爸爸問我又像在問室內每個人。

「妳這根本是炒作。」媽媽反對。

「小梅，可憐的女孩，妳媽該替妳想遠點。」

胡姨帶走藍寶石小提琴，而我的五弦琴在角落裡挨冷。

「藍寶石根本是個藉口。你們腦子裡只想著自己……」媽媽指責我們。

「別提過去的事了。」

「你以為我喜歡？」

他們吵得比以往還凶，好不容易我們全家搬來山裡尋得寧靜，卻在我完成小提琴的這天全部瓦解。媽媽歇斯底里嘶吼，所有溫柔都化為烏有。爸爸沒有低頭讓步，一副來啊！來互相傷害的樣子。

我好害怕，打電話告訴外婆。外婆似乎一點也不意外，隔天就開車來這兒載媽媽去機場，她跟培恩要到瑞士日內瓦比賽七天。

「你們幾個剛好冷靜冷靜，小梅先到我那兒住幾天吧。」外婆不斷擤鼻子，她的過敏性鼻炎又犯了。

我一點也不想離開這兒。一路上，媽媽不怎麼搭理我。

外婆稍微打開車窗，讓山風夾帶雨霧跟楓葉的味道進來，車內音響轉到愛樂電台，正播放小提琴家帕爾曼演奏舒伯特〈小夜曲〉，當車子駛出奧萬大，我開始嚶嚶哭泣起來。

d 小調第二號小提琴組曲 BWV 1004

第四樂章：吉格舞曲

　　媽媽是外婆的獨生女。外公去世後，她跟姨婆住在整排都是店面的兩層樓連棟公寓，二樓是起居室，樓下是音樂教室，提供音樂系學生授課，外婆負責招生兼賣教本與樂器。上課的學生都喊她樂婆婆。

　　牆面掛著一張泛黃的小提琴獨奏會海報，身穿一襲白色緞面禮服的小女孩抱著小提琴，頭上別著同款式的蝴蝶結。許多人會好奇問：「那是樂婆婆年輕的時候嗎？」

　　「不是。那是我女兒。」外婆笑得好滿足。

　　音樂教室入門處擺著一架純白的演奏鋼琴。只是擺著，我沒見過有人彈它。我忍不住問：「這兒明明有點擠，為什麼擺那麼大的琴？」

　　「那是為妳媽媽買的演奏琴。」外婆拿著雞毛撢子刷掉上頭的塵埃，「我捨不得賣，留著讓妳媽媽任何時候都可以回來彈或者我們一起合奏。」

　　我想像海報中的媽媽動起來，拉奏小提琴奏鳴曲

少女練習曲

的畫面，如瀑的捲髮隨著音符擺動身子，十一歲的臉頰酒窩很迷人。

「那時我們常合奏，外婆我啊彈鋼琴伴奏，妳外公拉大提琴，媽媽拉小提琴，後來加入妳爸爸，我們多麼期待再加入一個成員，一起合奏約翰·帕海貝爾《D大調卡農與吉格》[16]」外婆想像和樂融融的畫面，「喔——多棒啊。三支小提琴間隔八拍先後加入，演奏相同的旋律，往復迴旋。」

「外婆記得怎麼彈嗎？」

「小梅想聽？」

「當然想。」

外婆掀開琴蓋，兩手滑過音階，開始彈起約翰·帕海貝爾卡農。

我想像爸爸、媽媽和我以小提琴加入的疊奏，既

16《D大調卡農與吉格》也稱《約翰·帕海貝爾卡農》，是德國作曲家約翰·帕海貝爾最著名的作品，常以「卡農」代指。實際上卡農（Canon）並非曲名，而是一種曲式。原版由三支小提琴演奏，以大鍵琴和大提琴及魯特琴伴奏，曾改編多個不同版本，供不同樂器組合演奏，原有〈吉格舞曲〉伴隨，但現在很少演奏這段。

d小調第二號小提琴組曲 BWV 1004

是主旋律也是和聲伴奏。鏡射出我和媽媽、外婆的疊影——長大、成熟、老去。我們的面孔重重疊疊，青春的十四、風華正盛的四十、韶光已逝的六十四。

卡農在我耳際源源不斷。音樂隨著時光穿透我們的日子，音樂是另一種語言，不論你是什麼人，都能一起演奏樂曲。

「學音樂有倦怠期，妳媽畢業後有段空窗期，找不到繼續下去的動力，那時她剛好認識妳爸爸。」

「所以外婆讓爸爸成為那股動力？」

「不管動力是什麼，只要有支持的理由。熱情是要試過之後才產生的。小梅，妳要去試。」

外婆怕我無聊或戀家，讓我隨意玩薩克斯風、吉他、雙簧管、長笛，只要我玩不膩。輪奏過後，我的目光還是回到小提琴，沒有別的樂器能像小提琴那般深深吸引我。只要不碰它，心裡頭難受。在這裡，我想怎麼拉都行。

下午過後，陸陸續續來了學音樂的孩子。他們好愛打探，「樂婆婆，她是誰啊？」

少女練習曲

「是我外孫女小梅。」

教室裡的樂聲此起彼落，雜雜沓沓的各種練習並不順暢。隨後進來一對母子詢問有些什麼課程，外婆對家長跟孩子說：「學音樂的孩子不會變壞。」接著，熱情引導他們參觀，「選什麼樂器要看孩子的個性。」

我想起小時候在音樂教室第一次遇見培恩。

當時他還沒決定想學什麼。彷彿回到很久以前的那個夏日午後，我看著年幼的小培恩推開那扇玻璃門，怯生生問外婆，那是什麼樂器？

剛學音樂的我下定決心學巴赫，選小提琴只因為它是離耳朵最近的樂器，像悄悄告訴我一首曲子就是一個故事。我喜歡用松香拭過琴弦，一股香味在空氣中懸浮，所有的動作神聖進行，恭敬如同儀式一般。

記得小培恩問我一句話：「妳學什麼樂器呢？」

「小提琴。」

小培恩央求他媽媽，「我也要學小提琴。」

「嘿，為什麼你要跟我一樣呢？」

「唔，因為妳臉上有幸福的表情。」

d 小調第二號小提琴組曲 BWV 1004

表情？我試著做足所有具有表情記號的樂譜——激動地、圓滑甜蜜地、如歌唱地……可是，我從沒拉過什麼是幸福。

我問現在的自己幸福嗎？應該吧。沐浴和煦的陽光下，我很幸福；環繞在爸媽身邊很幸福；去看達克醫生能維繫住幸福，他告訴我許多有智慧的話。

「如果沒辦法阻止自己聽見的，但我們可以選擇說出口的。所有的事情都會過去，別停留在妳的小腦袋裡。」達克醫師摸摸我的頭說。

他老對我眨眼。還以為他知道所有發生在我身上的一切。有時候問題不在我身上，當大家想聽一個理由時，錯誤便找上我。我發現有些事情不需要知道太多，久而久之，也能瞭解。

春天的陽光緩緩爬上白色鋼琴，樂聲響亮啊響亮，所有會發光的東西都需要好好保養。耳朵也一樣。

聽啊。三月的櫻花盛開了。

第五樂章：夏康舞曲

即使耳朵沒貼近牆壁也能聽到姨婆的咳嗽聲。外婆會開著一扇窗，讓母貓煤球方便進出。煤球是姨婆的貓，牠老是進不了門。只要我學黑吉的吠叫聲，牠會亂竄一團，逃之夭夭。

姨婆說她當了六十年的「神隱少女」，以前學聲樂，現在不再唱，錄過幾張台語流行金曲，假日去教會唱詩歌。達克醫師就是她介紹的。

我們要一塊兒去複診。外婆看鼻炎、姨婆看喉炎、我看耳朵。去醫院得搭公車過一座橋跟果菜市場，再轉搭捷運。和她們出門像漫步雲端，一切慢慢來。

她們不像去看病，倒像是去看老朋友。沿途每逢熟人介紹我是誰——這是我外孫女小梅。

醫院內候診的爺爺奶奶們會點頭表示，「真好命啊。」

進入診療室，達克醫師看到我們三人一同出現，禁不住倒吸一口氣。這表示他必須花三倍時間才能打發我們。

d 小調第二號小提琴組曲 BWV 1004

其實都是老毛病，開的藥都大同小異。對外婆跟姨婆來說，她們把達克醫師當心理諮詢師，平時無人聆聽她們的心聲，逛醫院拿處方箋順便聊聊天。

　　「小梅，住山上後，耳朵有好一些嗎？」

　　達克醫生說話永遠那麼溫暖，我只肯讓他碰我的小耳朵。

　　「是有啦。」外婆語氣有點擔憂，「小梅的爸媽吵架。我帶她回來市區住，耳朵的情況會惡化嗎？」

　　我就知道外婆會把事情抖出來。

　　達克醫師謹慎推敲外婆問這句話的原意。「呃，能再住一陣子的話，對小梅比較好，回來住也不是不行。」

　　外婆就是要醫生這句話當保證，讓爸爸媽媽沒理由住山區。我得做點什麼才行。

　　「我覺得住山區比較安靜，回來後耳鳴又開始出現。」我捂著耳朵說。

　　「妳怎麼沒告訴外婆呢。」

　　「還不是很嚴重。」

　　達克醫師不愧醫術高明。他靈光一閃，換成另一

種語氣，「阿嬤，妳要知道喔。耳朵、鼻子、喉嚨都要保養。妳也去山上住看看啦。」

這才是重點。

「這樣喔。」外婆笑了笑。

我立刻點頭附和。就那麼幾秒，完全明白我的任務是轉述達克醫師的話給爸媽聽。

姨婆燒聲，用嘶啞的氣音說話。她握住達克醫生的手，談起煤球跟她的神隱歲月。

我心想那可是真不妙啊。

回程。我們在捷運站聽到小提琴的樂聲。一位戴著墨鏡的街頭藝人正在拉巴赫《d小調夏康舞曲》，我停下腳步，欣賞他的表演，旁邊的打賞箱還是空的。

他是盲眼演奏者。

這點超級震撼我，更別說視譜的問題。我現在正在練這首曲子，層層疊疊的變奏，他是怎麼克服的？

我站在那兒動也不動，想像他的人生到底發生什麼事。他的樂聲平靜和緩，臉上的表情只有淡淡接受一切的模樣，彷彿歷經滄桑只為遇見站在這裡聽他演奏的人。

d小調第二號小提琴組曲 BWV 1004

外婆特別打賞他，我加碼。

回來後，我夾帶那股衝擊力不斷練習巴赫，想把曾經破洞的傷口拉緊。外婆坐在旁邊靜靜聆聽。

「小梅知道最好的和弦試奏是巴赫哪一首嗎？」

「《d 小調夏康舞曲》。」

外婆從抽屜裡拿出一張錄音 CD，按下播放鍵。哀傷的琴音流出，拉得柔腸寸斷，聽得出來演奏者有多努力完成它。

「這是培恩在我這兒學琴的第一次成果發表，他現在拉巴赫絕不是這個樣子。」

外婆指著桌上的青少年管弦樂團春季招募簡章問我，「小梅，想試試嗎？」

我點點頭。

給自己一個重燃熱情的機會有何不可？

g 小調第一號小提琴奏鳴曲 BWV 1001

海藍色的 g 小調

第一樂章：慢板

　　招募現場設在樂團的練習室進行。地下室擠得水洩不通，人數甚至比音樂班入學考試的人還多。或許跟徵選項目與年齡也有關係，小提琴跟長笛占大多數，年紀最小的參選者十二歲。

　　「各位紳士與淑女，歡迎您參加我們的團員招考，請確認報到順序，我們會讓各位有充足的時間暖樂器，請記得甄試進行中，切勿大聲喧譁。」

　　副指揮先生介紹流程的概要，招募正式開始。

　　我看到有人抱著等同身高的低音提琴，跟其他提琴不一樣的是，它的琴弦達四至五條，能拉出最低的音，齊奏《大黃蜂的飛行》[17] 時的渾厚音色，穩住樂

---

17 《大黃蜂的飛行》俄羅斯作曲家尼古拉‧里姆斯基‧科薩科夫的名曲之一。他基於亞歷山大‧謝爾蓋耶維奇‧普希金的詩作改編為同名歌劇《蘇丹沙皇的故事》。其中第三幕第一場為描述王子變化為大黃蜂攻擊兩個反派角色的情形，此時的配樂即為此曲。由於旋律極快，後人常選用此曲作為展示鋼琴、小提琴等樂器的演奏技巧。——維基百科

g 小調第一號小提琴奏鳴曲 BWV 1001

曲的低音聲部。去年聖誕節在大安森林公園的戶外表演，讓我難忘至今。

我排在倒數第二位。避免增加緊張的情緒，外婆沒讓我待在甄試場地，帶我到附近的書店逛逛，至少安靜點的地方。

會場萬頭攢動，空氣有一股鞋襪的悶汗味。我的耳朵開始嗡嗡作響。

「妳放鬆去拉，想像評審是楓樹，這樣比較不緊張。」外婆從我掌心的手汗知道我的狀況。

「外婆，媽媽要是知道我的決定，她會高興嗎？」

「別管妳媽怎麼想。小梅，只要想這是妳喜歡做的事，全心全意去做就好，其他的都不重要。」外婆低頭看手錶，「我們差不多該回去等叫號。」

場外的等候區，人數少掉一半。練習室有個女孩在暖樂器，她發現小提琴不管怎樣調都有些雜音，臉色刷白。我走過去幫她看看是什麼問題。

「妳的琴橋鬆掉了。」我撕下簡章的紙片一角，墊在琴橋下，幫她調好音。

她抹去眼角盈滿的淚水，「謝謝妳幫大忙。我的

名字是安心儀。」

「我叫小梅。」

安心儀試拉幾個音階後，鬆下好大一口氣，「妳也是來考試的嗎？」

「是啊。」

「希望還能再見到妳。」安心儀說。

我修琴的時候圍觀很多人，不像登台表演那麼緊張。我瞭解小提琴的原理跟構造，知道許多影響聲音的因素。許多演奏者在現場的不安全感來自小提琴出狀況而手足無措，不僅影響平日表現，甚至跟我一樣退怯所有場合。如今，小提琴對我來說不僅僅是樂器，刨木鑿孔拋光的過程轉變成我的自信心。

「妳能幫我看看是什麼問題嗎？」

說話的聲音有點熟悉。我抬頭看聲音的來源，竟然是以前學校樂團的首席陶曉莉，她也來參加甄選。

「好啊。」我保持鎮定。

「沒想到妳還敢來甄選？」陶曉莉充滿敵意，「就算錄取妳，沒多久就退團了吧？」

「為什麼我不敢？陶曉莉，這又不是妳一個人的

活動。」

陶曉莉翻翻白眼，自討沒趣地離開。

進場前要抽籤音階，四升四降內兩個八度的大小調音階及琶音。都是媽媽嚴格要求的日常練習，那些反覆的樂段，現在只要瞄過樂譜，手自然知道該怎麼動。

演奏完的安心儀走出會場，特地過來對我說加油。我祝福她能錄取。

自選曲由外婆幫我伴奏布拉姆斯，我們只有前晚演練過幾遍。外婆說我的穩定度比以往好多了。輪到主辦單位挑選的視奏樂段。我快速瀏覽樂譜，簡直老天幫忙啊啊啊。我天天強化的巴赫《g 小調第一號奏鳴曲第一樂章》，四四拍，即興的前奏曲風格與清晰的對位法都是我熟悉的，這一次鐵定過得了關。

網站公布錄取名單。我看到陶曉莉的名字，也看到安心儀的名字。

我興奮拉著外婆的手，「我不僅成功加入樂團，還交到新朋友耶！」

「事情總會往好的方面發展的不是嗎？小梅。」

外婆替我感到開心。

　　噢，這一切要感謝巴赫，感謝外婆。

g 小調第一號小提琴奏鳴曲 BWV 1001

第二樂章：賦格

團練時間在每週日上午，安心儀跟我走在一塊兒。她非常期待能在國家音樂廳演出以及新加坡的巡演。

「小梅，妳為什麼想加入呢？」

「這個嘛。我打從娘胎就離開不了小提琴。」

我不是第一個這麼說，話出自副指揮的名言。團員們大都自幼學習音樂，平均年齡大約十三歲。

「妳那天救我一命。那把琴壞不得，我沒辦法再花錢修理它。」安心儀一臉難過。

原來那把捷克製的提琴是她的音樂老師建議購買，要加入這個大型樂團，如果音色不好，容易淹埋所有樂聲中，誰也聽不到她拉什麼曲。

「小梅，妳的琴跟我的不太一樣呢。」

「這是我自己做的。」

「哇，妳好厲害喔。難怪那天妳能幫我。」

安心儀對我很友善，跟我聊得來的人幾乎沒有。進行幾次合奏後，我發現自己會拖拍，獨奏管好自己

的步調即可，合奏卻不一樣，我老是分心聽到別人的聲部。對於融合，我還有很大的努力空間。

當過首席的陶曉莉受到指揮的喜愛，青少年樂團的首席她勢在必得。她總是知道指揮的需要或團員的煩惱，譜架跟椅子也會幫忙打點，要我們抬這個抬那個。雖然我不喜歡陶曉莉，但就這點而言，她是個好幫手。

安心儀並不瞭解陶曉莉的為人。

陶曉莉當面邀請安心儀到她家玩，直接跳過問我的意願。

「嗨，安心儀，要來我家練〈庫朗舞曲〉嗎？」

安心儀看看我，「小梅，妳呢？」

「我恐怕去不了。」

「唔，那我也不去。」

真不敢相信安心儀吃了熊心豹子膽，敢拒絕萬人迷陶曉莉。

「不來嗎？那真可惜。妳們這麼不合群，要怎麼練團體默契呢。」

陶曉莉總有辦法讓我變成邊緣人，這個惡夢又要

g 小調第一號小提琴奏鳴曲 BWV 1001

重演。安心儀不傻，她看得出來我的處境。

「妳是怎麼招惹上陶曉莉的？」

「這恐怕得問她才行。」

「要是我們一直沒去的話，該怎麼辦？」

「心儀，別擔心我。妳去吧。她有邀請妳。」

「噢，我真討厭這種愛搞小圈圈的人。」安心儀哼哼鼻子。

我死鴨子嘴硬，內心早就千瘡百孔。如果我失去安心儀這個朋友，我又何必再回到團體生活。真夠讓我洩氣的。

壓力一來，我的耳鳴嗡嗡作響，過斑馬線時心不在焉，差點兒被一台計程車撞上。我的好運差點用光。

結束團練回到外婆家，煤球在廚房流理台正要叼魚骨頭。我發出嘿唧唧唧的聲音，嚇走煤球，散落的食物殘渣跟貓印子到處都是。姨婆坐在搖椅前打毛線、聽台語老歌新唱。外婆脫掉身上的圍裙，走來我身邊，身上有食物的香氣。

「看來，我的小梅今天心情不太好。」外婆給我一個親親和抱抱。

「簡直糟透了。」

「發生什麼事？」

「我跟人相處真的有障礙，但是我學會別理他們。」

「聽起來，妳做得不錯。」外婆看著牆上的月曆，指著打勾的第七天，「明天要去接機，妳準備好了嗎？」

「老實說，我很想在媽回來之前退團。」

「之前的雄心壯志到哪去？」

「我哪有什麼雄心壯志啊。」

「答應我，那就好好對待自己。」

不得不承認，外婆是強而有力的說服者，她總能挑出我心頭上的那根針。她瞇著老花眼，握住我的手，暖暖的手溫傳來一股鼓舞的力量。

「好吧。我再努力看看。」

「來，我們一塊吃飯吧。」

外婆特別為我燒幾道好菜，紅燒花生燉豬腳跟韭菜烘蛋，鹹香的氣味把我的不愉快全都消化掉。當我用湯瓢打撈鍋物，老天啊，我看見姨婆的假牙漂浮其

中。

「啊。原來在這兒呀。」姨婆推推鼻樑上的鏡架，感謝我幫大忙。

「人就是這樣。當妳咬牙切齒的時候，根本體會不到好滋味。」姨婆把假牙沖洗擦乾，轉頭問我，「小梅，怎麼不多吃點？」

第三樂章：西西里舞曲

　　瑞士日內瓦的比賽傳回捷報。培恩獲獎了。還拿到皇家音樂學院基金獎學金，昨晚媽媽打電話給外婆時提過。

　　我整晚輾轉難眠。

　　跟著外婆去機場等候接機，我打從心底替培恩開心，忐忑的是不曉得媽媽心情好些了嗎？外婆要我往好處想，「她沒必要生氣太久。」

　　人群中，我踮起腳尖不斷張望入境出口，終於看到他們擠出人潮。

　　媽媽看起來很累，培恩面色凝重，一點也沒愉快的氣氛，到底怎麼了？

　　「喬凡尼・泰斯托瑞不見了。」媽媽語氣沉重說。

　　「什麼？那怎麼辦啊？」

　　「我已經報警了。」

　　「轉機時，我們在候機室休息一會兒，放置腳邊的琴盒眨眼間不翼而飛。」培恩一回想起當時的情景，

整個人萬分沮喪，「該死，我真該把琴盒夾在兩腿中間的。」

「該怎麼跟基金會交代？」我問。

「胡姨去處理後續。」媽媽擔憂消息報導，「比較糟糕的是，原本是為國爭光的藝文新聞，現在焦點變成被竊的名琴，該死的是，我們需要協尋就得傳出去讓更多人知道。」

培恩的情緒極度不穩定，簡直糟糕透頂。

「早知如此，我寧願帶著瓜奈里二世去比賽。現在說這些也毫無幫助。」培恩臉色發白，「要找回來的機率實在太低。」

「先別那麼想，我來找一些朋友幫忙。」外婆打電話問幾個二手交易琴商，要是聽到一些消息，她馬上就能知道。

培恩不斷陷入自責，「我覺得自己很糟糕，再也無法拉小提琴。」

「總是有辦法解決的。」

「所有人只記得我弄丟喬凡尼・泰斯托瑞，這真的好丟臉。」培恩抓著頭髮，「以後誰還敢借我名琴

呢。」

「情況可能還更糟。學校可能撤除培恩的獎學金。」媽媽說，「真是太可怕，只是一個閃失。」

我好想替培恩做點什麼。跟玩票性質的喜愛音樂不一樣的是，職業巡演沒有一把好琴，要達到演奏的頂峰非常困難。我們每個人都明白這一點。

送培恩回家途中，我們沉默，找不到話來安慰培恩。座落市區中心的建築在夜裡閃著柔光，卻照不亮培恩現在內心的陰影。

胡姨雖然願意賠償基金會的損失，但名聲才是培恩的未來。她在家中焦急地來回踱步，「毀了。我所有的栽培全部要付諸流水。」

「別告訴媒體是你弄丟的，那顯得你不夠有責任感，」胡姨腦子重組另一齣戲碼，「這一定是什麼人的惡意行為，在你借琴的消息傳出後就被盯上。」

「但是媽媽，誰會做這種事呢。這的確是我的過錯。」

「你別說話。我來想辦法。」

胡姨行事準則裡沒有失敗兩個字，所有的事情都

g 小調第一號小提琴奏鳴曲 BWV 1001

可以挽救，「培恩，你先休息一陣子，我再幫你找下一把名琴，就算沒有瓜奈里，在這世界上還有數百把史特拉底瓦里啊。」

「對了。培恩的事情發生得太突然，我還沒有機會告訴小梅，妳的小提琴榮獲義大利 ANLAI 製琴比賽青少年組金獎。」

老天啊。我摀住嘴巴，不敢相信自己聽到的消息。內心的訝異與狂喜差點撐不住，因為我不想在培恩最悲慘的時候，讓他感到傷痛。

「評審對伯爵的藍寶石故事極感興趣，妳的琴會在各地的義大利製琴協會的展示中心展出，妳對漆面的處理是獲獎關鍵。沒想到老韓掌握調漆的祕方，那傢伙一個字也不肯跟我透露。」

「小胡，謝謝妳。我不該對妳生氣的。」媽媽向胡姨道歉。

「這點小事，我才不會介意呢。我還沒謝謝妳願意替培恩伴奏。」胡姨突然正色看著我，「欸，我怎麼沒想到該讓『五月』登上舞台呢？」

「什麼？！」所有人瞪大眼睛。

「要是由培恩來拉響它的名號，這不是兩全其美嗎？」

「我拒絕！」培恩大聲咆哮，「媽，妳怎麼能這樣？事情還沒有交代，只想掩蓋問題。」

「這有什麼錯。難道你一輩子都不拉小提琴？」

「我沒辦法接受……用另外的琴上台表演。」培恩站起身，臉紅上耳根，「我忘不掉瓜奈里，我看起來像個背叛者、遺棄者，根本無法拉別的琴。」

我腦子裡不斷回響這些話，心糾結成一團。喔，培恩，你是這麼想嗎？就算「五月」榮獲金獎有什麼用？培恩怎麼也不願意拉它，實在傷透了我的心。

第四樂章：急板

　　當我們回到山上的家時，被眼前的景象嚇得一愣一愣。外婆拖著行李箱進門，原本想坐下好好休息，卻連站著的地方都沒有。

　　「誰來告訴我，這是怎麼回事？」媽媽摘下墨鏡，不可置信環視她一向精心擺設的整潔環境，想找出能責怪爸爸的理由。

　　從客廳、廚房到製琴室一團混亂，木屑、刨花到處都是，室內充滿濃濃的底漆味，簡直像一間製琴工廠。

　　司阿定全身沾滿油漆跑來跑去，還拿剛改好的五弦琴給我看，「小梅姊姊，瞧，我多加一條弦。」

　　我簡直說不出話來。各種尺寸的「小梅」製作圖張貼在練琴室的牆面，還有那些只能租借的「小梅」全掛回女兒牆上當樣品。不僅如此，餐桌變成工作桌，學校音樂課變成製琴課，孩子們來家裡製作將來要演奏的小提琴。

　　始作俑者說話了。

少女練習曲

「嘿嘿，我可解決妳媽丟給我的大難題啊。我一個人怎麼可能做得出那麼多把琴。妳們不在家，乾脆讓孩子們通通來這兒，當成工藝課來上吧。瞧，他們都挺開心的嘛。」

我懷疑爸爸有擺爛的心態——好啊，妳們全走了，隨便我搞——他一定這樣想。

當媽媽試著接受一件她其實不太能接受的事時，她會婉轉表達被曲解的目的，用非常冗長的說法，那種聲量非常綿長，「我很高興你把我說的當一回事，只不過餐廳就是餐廳，那是享受食物的地方，再說房間是好好睡覺的地方，你是不是該考慮一下隱私空間……」

我簡直不敢看更衣室，那裡變成……嗯，午休區。我不懂的是黑吉什麼時候跑進來賴著不走，顯然牠待這兒好幾天，還生出一窩小黑吉。小黑吉們專注吸吮奶水，眼睛都還未張開，底下墊的是媽媽的毛氈帽。我覺得這實在太超過。

　　巴爺爺在後門吆喝著，「孩子們，你們的材料全在這。」他扛來好幾塊處理過的台灣爺，「鋸木讓我的存在感回來了，呵呵呵。」

　　孩子們蜂擁而上，我也擠過去看，「咦，這是乾燥過的老木材。」

　　「空襲的時候，我和太太就是躲在這棵倒下的台灣爺旁邊，逃過一劫，要不是它我活不了那麼久。把它保留到今天，總算派上用場。」巴爺爺語帶感慨。

　　「巴爺爺，謝謝你。」我說。

　　「小梅，我們該告訴爸爸，妳的小提琴得金獎的事嗎？」面對這幕無法收拾的殘局，媽媽只好兩手一攤。

　　爸爸的聽力可沒壞，他立刻放下鑿刀，疲累的雙眼立即充滿電力。

148

「我就知道。我就知道。經過不斷設計改良的模板可是融合三大製琴家族的優點哪。雖然我名不見經傳，沒想到它終於被認可。等等，也就是說……」爸爸環顧周遭一眼，才驚覺事情的不對勁。

　　沒錯，他搞砸一切。「小梅」被大量且拙劣仿製了。

　　有聽過仰天長嘯的哀嚎嗎？能讓爸爸有沉痛領悟的大概就是此時此刻。

　　「小梅是我的命啊──」

　　我寧願替爸爸解釋，他指的是我，所有的小梅成長琴都是他愛我的證明。但是這句話聽在媽媽耳裡很不是滋味。

　　「你心裡就只有小提琴？」媽媽氣極攻心，「我們走，這裡根本待不下去。」

　　外婆這次完全站在媽媽這邊，沒打算勸架。爸爸毀掉她期待跟我們住在一起的天倫之樂。

　　「老師，妳走了我們怎麼辦？」孩子們央求著媽媽留下來教他們小提琴。

　　「老師，做好琴，我們會認真學習。」司阿定拍

胸脯保證，「我們好喜歡小提琴。」

　　大家你一言我一句，逐漸軟化氣頭上的媽媽。

　　「如果真的想要我留下來。請你們現在、立刻、馬上整理環境。」媽媽打算原諒他們。

　　趁媽媽回心轉意，我衝進更衣室，懇求黑吉母子，「拜託啊黑吉，快走啊，我媽快爆氣了。」

　　偏偏，媽媽正好走進來，觸目驚心的混亂盡收眼底，她用劃破玻璃的怒吼聲喊：「韓德善———」

　　正當媽媽火山爆發之際，練琴室傳出輕盈的鋼琴聲。

　　外婆彈奏帕海貝爾《D大調卡農》。優雅纖細的觸鍵呼喚著整個屋子裡受傷的心靈。我拿起「小梅」加入疊奏，孩子們全聚攏過來，沉浸於美妙的旋律之中。意料之外的是，媽媽收起憤怒，拿起小提琴加入合奏，最後爸爸放下內心的埋怨，也加入行列……這是外婆最盼望的合奏呀。

　　我泛著淚光演奏，內心所有的不安煙消雲散。外婆說得對，學音樂的孩子不會變壞，更何況是永遠像孩子一樣的大人。

g小調第一號小提琴奏鳴曲 BWV 1001

C 大調第三號小提琴奏鳴曲
BWV 1005

純白色的 C 大調

第一樂章：慢板

　　媽媽接到胡姨的請求。據說培恩整天關在房間裡，甚至連小提琴也不想練。

　　「他從來沒有這個樣子過。」胡姨十分擔憂，「皇家音樂學院雖然取消獎學金，但並沒有拒絕他入學啊。培恩想不開，認為沒有名琴，沒有辦法表現出色。」

　　我們約好一起用餐。

　　胡姨聽說我加入青少年管弦樂團覺得驚訝，「小梅，妳怎麼做到的？」

　　「這個嘛。外婆教我把觀眾當成木頭。反正我常拉琴給楓樹聽。」

　　我不敢說得太誇張，培恩坐在我對面，一句話也不講。事實上，胡姨只是希望我的分享能改善培恩的情況。那是不太可能的。

　　我太瞭解青春期的彆扭，誰也不想依附媽媽解決所有問題，縱使自己也解決不了什麼，只因為我們不想永遠當兒童。

C 大調第三號小提琴奏鳴曲 BWV 1005

這麼尷尬的場面，我保持優雅吃完菲力牛排和烤布蕾，在我媽的菜單裡，根本沒這兩樣。那種會讓我長得憨肥的食物，連碰都沒有機會。

　　「自從小梅學習製琴，才重新愛上拉小提琴。」媽媽根本沒吃東西，她認真替培恩考慮，「那讓她更加瞭解小提琴美妙的構造，還讓她交到新朋友。」

　　「沒那麼誇張，我只認識一個能講得上話的團員，離大受歡迎十萬八千里。」我立刻補充說明，怕傷害培恩脆弱的心靈。

　　胡姨決定跟我們上山讓培恩看看怎麼製琴。她還不曉得我家變成一窩孩子的製琴屋。

　　「我想回家。現在的我連音樂都不想聽。」培恩根本不願意。

　　培恩起身跟我們說再見，頭也不回地離開。

　　胡姨無計可施。她從來沒那麼憂心，「妳們看他這樣子，我該怎麼辦？」

　　「小梅參加的樂團近期要到國家音樂廳表演，如果培恩願意去散心，演奏廳也許能喚回他的熱情。」

　　「好，就這麼辦。即使在巴黎音樂廳，我也會想

辦法讓他去。」

「警方有任何消息通知嗎?」

「他們說二手市場還沒聽到風聲,看來這個竊賊懂得避風頭。」胡姨想起製琴協會的通知,她從包包拿出樂評剪報,斗大的標題寫:少女製琴師來自台灣。

「這家雜誌要採訪妳,排時間談談妳的琴。」

「我不曉得該說什麼。」

「隨妳想說的。」胡姨簽完帳單,「對了,『五月』結束展示期,放在我的後車箱,我去拿,剛好讓妳帶去團練。讓他們瞧瞧藍寶石的魅力吧。」

隔天,我帶著藍寶石「五月」去團練。

那真的很招搖。尤其是女團員特別愛那則讓人淚光閃閃的伯爵悲劇,搶著試拉的人越來越多,讓陶曉莉很不是滋味。

「喂喂喂,你們都不拉自己的琴,這像話嗎?」陶曉莉站起來管制一下失控的場面。

她說的沒錯。我滿感謝她的解圍。

驅散大部分的試奏者後。安心儀好不容易擠到我旁邊。

「妳真不簡單，做的琴還得獎耶。我這把老捷克琴每次維修費都好貴，讓媽媽的荷包吃不消，畢業後，我不打算走音樂這條路，我家的情況根本玩不起。」

安心儀的話讓我很難過，「妳真的不拉小提琴？」

「我不想造成家裡的負擔嘛。」

「妳要是真的沒有小提琴可拉，我做一把新的給妳。」

「真的嗎？」安心儀的眼眶瞬間通紅。

「說到做到。只要妳不嫌棄。」我和她打勾勾。

我不想再聽到好朋友不拉小提琴。

一想到培恩我就心痛，有太多因素讓人停下腳步，甚至是重重一擊。

夢想的種子一旦發芽，你只能小心翼翼灌溉它。

第二樂章：賦格

　　晚風徐徐吹過國家音樂廳的殿堂式建築，有春天花香的氣息。我們進入偌大的演藝廳，舞台後方的管風琴將近有四千多根管子，不管坐哪兒，舞台下的每一處座位都能聽到樂音。

　　偌大的音樂廳坐滿來賓，我非常緊張。總指揮催促大家集合，團員依序進入暖樂器。我好想知道有誰來，悄悄放下小提琴，快步離開隊伍。

　　我瞧見爸爸媽媽和外婆、姨婆坐在前三排，剛好與我面對面的中央位置。他們低頭認真翻開曲目表，媽媽露出會心的微笑，表示今晚的曲目她很有興趣。

　　不一會兒，台下的觀眾黑壓壓一片。空調吹拂我的脖子，一種冷颼厚重的感覺。我終於見到胡姨跟培恩坐在四排中央。太好了，培恩有來。

　　身為第一小提琴手的我，左側是第二小提琴手安心儀，右側是首席陶曉莉。我快速就定位，不曉得誰撞到我，腦際一陣眩暈，抬頭一看，提琴上的藍寶石

不見了！我腦袋亂哄哄，一波耳鳴侵襲我。

　　表演單上的第一首曲目是韋瓦第的《四季第一協奏曲──春》。韋瓦第以音符模仿一年四季大自然中如詩的景象。我將十四行的詩句印在腦子裡，以往僵硬的演奏方式要脫胎換骨了。

　　第一樂章快板，正如主題中春回大地，萬物復甦的初始，每小句五度上行跳躍，陶曉莉的獨奏與我和安心儀的協奏，彷彿土壤裡的嫩苗撐開兩片葉尖。琴弦模仿鳥兒的鳴叫，但我的心情卻如蟻爬行，樂譜上那兩兩成串的小二度及大二度的十六分音符，如水波盪漾，我感覺眉頭跟著圓滑線在跳動。接著，低聲大量同音反覆著隆隆的雷鳴，幫襯陶曉莉上行快速的暴雨，那緊咬牙齦的三十二分音符串跟十六分音符三連音。急急的風雨過後，驟雨踩過的池水波光激灩。我們再度奏出鳥兒啁啾的和諧生機。

　　我緩和一口氣，進入第二樂章持續小聲的最緩板，譜上的音符只剩下那麼少，田野的繁花盛開，聲繪著午間傭倦的牧羊人頻頻打盹。接下來的弱音及附點，我想像著自己身處於楓林間，樹葉沙沙作響地擺

動。第三樂章快板，詩句裡的仙女與牧羊人隨著風笛般的旋律婆娑起舞，轉調、轉調再轉調，我與陶曉莉的二重奏樂段將近一分鐘，有一瞬間我只聽到蜜蜂的振翅聲，到達合奏樂段，我的小耳朵漸漸聽不太清楚琴音。

中間休息時間，幾位團員要加快換裝。

媽媽發現我的異狀。「小梅，妳怎麼了？」

「藍寶石掉了。」我害怕地說：「我的小提琴好像有狼音。」

「要不要休息？」

「不行。後面的協奏曲沒人代替，我得撐下去。」

培恩走到後台，伸出援手，「小梅，讓我幫妳一曲。」

「可是，我的琴聲有狼音。」

「別擔心。輪奏負擔不大。」

培恩全神貫注在

譜上。他打算一次拉對，這真的很困難。

我們花費心力排練的童話交響樂普羅高菲夫《彼得與狼》[18] 就像活動的音樂故事書。由說書人站在指揮台一一介紹角色登場——小鳥、鴨子、貓、爺爺、野狼、彼得與獵人——樂聲隨著故事的情節，長笛、雙簧管、單簧管、低音管、法國號、弦樂合奏、定音鼓響起、落下。故事是關於男孩彼得因好奇心的驅使，身處險境，他冷靜對抗後，展現智慧與勇敢的一面。

一直以來，培恩是耀眼的獨奏者，協奏的經驗不多，卻在我落難的時刻，願意隱身樂團中合奏。

我想起和培恩迷失瀑布深處的那一天，走在未知的路上，前方有什麼我們並不清楚，只為尋找那聲純律，沒想到此後，我們的命運相互交織。

演奏時，培恩眼神變了，憤怒與困惑的表情褪盡，像此曲中的彼得溜進森林，處處提防狡詐的狼來突襲。

---

18 普羅高菲夫（一八九一～一九五三）歷年來最受歡迎的兒童音樂。由一位說書人講述故事，小型樂團如插畫一般的點綴其間。這首以故事為主的音樂俏皮，巧妙用不同的樂器來代表不同的故事角色，讓兒童認識樂器的種類。

每支提琴都可能遇到狼音，比那更可怕的是，我們體內有一匹放浪不羈的狼。

所幸，培恩一小節，一小節克服陌生感，拉響了我製作的藍寶石小提琴。

這一曲完畢，總指揮過來關切我有沒有好一些。

「休息過後，我的耳朵好多了。」

他拿出被無數腳步踩過的藍寶石，「這是妳的吧？」

「老天，找到了。」我鬆了好大一口氣，「謝謝。」

「噢，不是我找到的，去謝謝陶曉莉吧。」總指揮說。

陶曉莉裝作不在意，「我才不像妳那麼粗心。別裝病，回來吧。沒有妳協奏，我的獨奏很沒勁。」

「妳幹麼老是用這種語氣刺激我。」

要感謝她還真難。

爸爸檢查完小提琴，「好啦，提琴最怕碰撞造成的傷害。下次小心點。」

我的鼻腔突然一陣緊縮。

無論如何，我都要回到台上面對《G大調第三號

布蘭登堡協奏曲》，這首巴赫獻給布蘭登堡邊境伯爵的曲目編制特殊，大、中、小提琴各三把還有一把低音提琴。

第一樂章中庸的快板，三個聲部齊奏，烘托出巨大的聲效，直到小提琴奏完第一主題。接著，三個聲部變成競奏第一主題，彷彿奔跑中，你越過我，我再越過其他人。

一直以來，我頑強對抗練奏，不論跟媽媽或是樂團，內心紛雜又糾結。我對自己感到疑惑，丟失過家人的信任，音樂神奇找回我所失去的——幫助人，也受人幫助。這首曲子我想獻給想像中的伯爵，但願寓言只是個寓言。

樂段結束。舞台下聽眾起立鼓掌，掌聲如雷貫耳，那是我從未有過的感動，和大家一起協奏下所加乘出的力量。

我們奏完安可曲，全體謝幕。

胡姨向我道謝。

「小梅，謝謝妳。」她噙著眼淚，「培恩決定繼續練琴。」

「對不起，藍寶石小提琴我會修復好。」我滿懷歉意說。

「我相信妳做得不賴，如果妳願意再幫他做一把琴。」

「藍寶石小提琴？」

「不，不，小梅。妳想怎麼做都可以。」

培恩走過來，認真對我說：「我對伯爵的藍寶石一點興趣也沒。我要以自己的實力拉響一把琴的名聲，不論要花多久時間。」

「你是指一把屬於你的琴。你想要的音色，符合你的個性。」

「我走的是一條技藝上沒有盡頭的路。」

「培恩，你這個壞傢伙。我好不容易才踏出一步，你又告訴我下一步。那表示我得要有那樣的工藝，才打造得出配得上你的名琴。這是永無止盡的追尋。」

「我的存在就是為了讓妳精進。」培恩拍拍我的頭。

「什麼意思啊？欸，說清楚。」我追問培恩。

「我們只有身處藝術之中，才會有幸福的表情。」

這我早就知道了。

胡姨與媽媽互看一眼。十幾年來，她們是摯友又互相較勁，不想輸給對方，卻拉著彼此一起前進。競奏時，我聽懂多重聲部潛藏許多與人相處的祕密。

「感謝主。」媽媽小聲說。

胡姨卻對媽媽說：「感謝有妳。」

我聽見友誼的回響，依然沒聽過神的聲音，只聽到人們向神祈禱願望，懺悔自己的行為。我聽到自己內心的回音，像打拳擊似的，攻擊別人，就是攻擊自己；讚美別人，也是讚美自己懂得欣賞。

我的成長是一人的獨奏樂，也是與他人的協奏曲。不管遭遇過多少波折，我盡力演奏，奔向美好的句點。

C 大調第三號小提琴奏鳴曲 BWV 1005

第三樂章：緩板

音樂不止一種終止式，生命也是。

某天下午我在樹林散步時，發現巴爺爺倒下了。

事發地點在我曾經掉入的舊窟窿，他的雙手合於胸前，似乎是自己躺下的，面容慈祥，彷彿只是在這裡寧靜睡一夜。

眼前的窟窿變寬好幾倍。它從一個小圓坑變成長方形，剛好可以埋下一塊棺木。爸爸發現農舍倉庫裡放置一口手工棺材，外形跟漆面像極了巨大的提琴，沒人知道房東爺爺什麼時候親手刨的，用他最心愛的台灣杉。

爸爸通知巴爺爺的家人，我們參加那一場簡單的喪禮，按照巴爺爺的心願，葬在他挖好的土坑，他心愛的妻子墓穴旁。

司阿定由遠房親戚認養，並且願意守護那片台灣杉，他們帶著黑吉母子住回摩摩納爾瀑布，信誓旦旦表示，「我將來要當山裡的音樂老師，還要教人怎麼

製作小提琴。」夢想在他小小的心田漸漸發芽。僅管爸爸輕聲嘆氣，「這聽起來多麼天真哪。」

告別式結束。這星期天，我們準備結束山居的日子，剛好媽媽只剩最後一堂音樂課，於是大家決定在學校操場的司令台舉行音樂成果發表會，並為我們道別。

忽遠忽近的山嵐飄散開。

孩子們演奏著各種尺寸的「小梅」，陣陣樂音透出純真的稚氣。

媽媽輕快演奏克萊斯勒改編給小提琴演奏的波第尼《跳舞的娃娃》，活潑的旋律讓所有人站起來，樂段一下，大家好像上緊發條的玩偶，左擺擺右擺擺，旋轉再旋轉。我學媽媽走路的儀態，媽媽邊彈邊學我任性的表情，我們逗著彼此，笑聲伴著琴聲直到樂句戛然停止。

外婆看著媽媽有感而發，「完全不會音樂的孩子短時間教到這種程度，雖然看起來她付出最多，其實是孩子引出她的能量，也療癒了敏感的小梅。」

雖然爸爸成了媽媽口中的老混蛋，不可否認搬來

C 大調第三號小提琴奏鳴曲 BWV 1005

山區後，我們度過最糟糕的時期。

所有人在一片歡快的樂聲中緬懷與惜別，誰也沒注意到身後的木屋升起陣陣濃煙。當我聞到空氣中一股焚燒木材的味道時，聽見乾柴烈火的爆裂聲。

媽媽指著木屋的方向，臉色驚恐，「天呀。該不會是……」

我們衝到家裡救火，烈陷衝天。爸爸奮不顧身從後門衝進製琴室，樑柱砰地一聲傾倒，我和媽媽緊抱在一起，祈禱能平安無事。山裡叫不到消防車，大夥吆喝去拿可以盛水的桶具，齊心協力從河邊汲水，一桶接過一桶。

極其關鍵的時刻，爸爸逃了出來，一身熏黑，懷裡兜著設計圖跟模板，只有一小部分核心，他竟然想再衝進去。

我拚命拉住爸爸，「你別去。」

「我的心血啊啊啊。」爸爸發狂跺腳，極不甘心。

「你真要拿命去換？」媽媽連續猛捶著爸的臂膀，要他清醒點。

火勢漸漸控制下來，直到撲滅。起火原因是壁爐

少女練習曲

的餘燼。

　　滿身大汗的我們頹坐屋前，什麼話也說不出來。

　　可惜，史特拉底瓦里或是瓜奈里模板和圖紙還在製琴室，他搶救下來的只有「五月」。幸運的是，所有能夠演奏的組琴「小梅」全都在剛剛的音樂會上。

　　那場大火燒掉爸爸的固執與對古老的迷信，卻在我心底植下製琴的火種，雖然陪在爸媽身邊是我的願望。為了走得更長遠，我向爸媽提出去義大利學習製琴的要求。

　　我的決定暫時安撫爸爸驚恐的失去。

第四樂章：極快板

六月的某一天，外婆的音樂教室電話鈴聲響個不停。她接起電話。「嗯，嗯，謝謝你特地告訴我。」

外婆趕緊打電話給胡姨。紐約市的拍賣會目錄出現喬凡尼·泰斯托瑞的消息。聽說竊賊用一千歐元賣給樂器行，這個老闆認不出來這把琴的來歷，以五千美元的價格賣給音樂學院的教授，教授發現琴的音色絕美無瑕，請鑑價師評估，得知是名琴，他想讓它永遠留在演奏家手中。可惜教授上個月去世了，他的兒子交由拍賣師找到它下一個主人。

胡姨卯足全力前往紐約，無論如何，她都要在財力雄厚的日本商社跟歐美收藏家的競標下勝出。為了以防萬一，基金會也派代表出席這場競標，經過沙盤推演夾殺的情況，胡姨打定主意傾家蕩產也要標下小提琴歸還博物館——為了培恩。

培恩獨自參加俄羅斯柴可夫斯基音樂比賽。這次，他對演奏琴來歷保密到家，不僅投保產物保險，

慎重安排琴不離身的萬全防護。比賽前，他打越洋電話向我求救。

「小梅。糟糕了。」

「別緊張。冷靜下來，告訴我發生什麼事？」

「琴弓的尾庫鬆動得厲害。我該怎麼處理？」

「那是因為你操練過頭，你的手指壓到琴弓尾庫導致它凹陷。」

「呃，的確。我沒發現它磨損。琴可以換，但琴弓不行，怎麼使都不順手。」

「培恩，先用備用琴弓，我按照你上次運弓的缺點重新改良一把，先寄給你用。」

「謝謝妳，小梅。」

「預祝你成功。」

掛上電話，我繼續測試五月弓。

法國跟英國的弓雖然炙手可熱，但培恩的琴盒裡永遠為我預留一個位置。漸漸汰換後，其他琴弓滿足不了培恩，我試著手工打造的弓桿與精細的弓尾庫，保持琴弓理想的平衡。

沒想到培恩對五月弓的彈力上癮，他需要連續跳

弓，這點我很清楚。巴赫總是能告訴我缺少什麼。《六首無伴奏小提琴奏鳴曲與組曲》囊括大量和弦，有些複音要同時觸響四弦，五月弓能完成這種連貫。

隻身來製琴學校三個多月。吃怕義大利麵跟香腸，不習慣帕瑪森乾酪的味道，還有陌生的語言，窗外的薰風與橄欖樹讓我產生奶白色的焦慮。

學習包木皮的碳纖弓，重量的均衡能減少他食指疲痠，軟硬的彈性影響音色的表現。我手上趕製的五月弓將參加義大利巴爾瓦諾提琴製作賽。經過無數次改良，牢記好弓才拉得響好琴的原理。

喔，對了，我還有巴赫陪伴，敦促我精進工藝的成長曲。

精密對位的音符與小節裡暗藏多少瘋狂與熱情。

我運弓試音，奏出連續的圓滑奏，斷奏通過漸強漸弱的考驗，扁平緊拉的弓毛在弦上來回奔馳，快節奏重音節的表情也做足了。這是最後的測試。

提琴禁不起再一次焚毀。我一面記錄製琴的心路歷程，以後或許派得上用場，偶爾翻閱日記，倒提醒我一件事——好的樂器可以改變許多事物，好的音樂

少女練習曲

可以橫跨好幾世紀，即使認識它們得花一番苦功。

　　我沒告訴任何人，五月琴身上隱匿的紋路──我不斷拋光打磨的純白色心願，也許多年以後才有人發現，我藏在琴聲裡的**祕密**。

C 大調第三號小提琴奏鳴曲 BWV 1005

特此感謝
快樂學鋼琴教室　林牧羚小提琴老師
協助校稿

少女練習曲

賞　析

小說裡的樂語

吳毓庭

音樂有顏色？當你翻開故事的首頁，看見「純黃色的調」一詞時，是否感到驚奇與擔憂？什麼是「純黃色的調」呢？

毋需緊張，「E大調是純黃色的」並不是一個不變的事實，而是E大調帶給了主角小梅某種感受，這種感受好似「純黃色」一般，散發著溫暖與希望，這裡真正的重點在於「不同的調會帶來不同的感覺」。

這個想法並非小說人物個人的發明，也不是現代人獨有的體會，而是在三百多年前，整個西歐樂壇便廣泛流傳的觀念。

十七、十八世紀是一個充滿實驗精神的時代。在科學上，一六五六年出現了世界第一只擺鐘，時間開始被記錄得更精確，機械得以有更複雜的結構，一六八七年牛頓寫下《自然哲學的數學原理》一書，提出了萬有引力與三大運動定律。這些大事不僅影響到人類認識世界的方式，它們也啟發了音樂家勇於在音樂上創新。其中「大調」、「小調」，就是在當時漸漸被歸納和確立出來的新產物，它完全改變了自中世紀起，音樂創作一律由「教會調式」主導

的狀態。

　　當時許多音樂家都會寫作樂曲來探索、開發「大、小調」的個性，甚至還會寫作一部大型套曲，把所有調性都嘗試一遍。巴赫就是裡面成就最高的一位，他著名的兩冊《平均律鍵盤曲集》（小說中亦有提到這部作品）正是在這個背景下完成的作品。

　　理解了「大、小調」來自人類的實驗精神，我們就能進一步理解書中不斷出現的「組曲」和「奏鳴曲」。

　　這兩個名詞和「大、小調」一樣，都在十七、十八世紀被確立下來：「組曲」是指由數首樂曲串連而成的作品，「奏鳴曲」指的則是專門給「器樂」演奏的作品。雖然內涵不同，它們卻一起代表了西方世界當時的轉變──從嚮往神性走向凸顯人性的狀態。我們會看見「組曲」裡的樂曲都是由「舞曲」組成，因為嚴肅的教義鬆綁了，跳舞成為風靡宮廷與民間的娛樂，舞曲需求大量增加，再者，過去作曲家因儀式需要多半寫作教會聲樂作品，如今轉移重心投入世俗器樂領域，改變了長久以來「聲樂優於器樂」的偏見。巴赫寫作小提琴、大提琴無伴奏作品，流露的即

是他在「世俗」樂曲中，努力開發「器樂」表現的心意。

　　巴赫的「奏鳴曲」樂章名稱幾乎都是以樂曲速度命名，他主要採用當時流行的格式鋪陳，表現出「慢—快—慢—快」四段變化。「組曲」裡的舞曲名稱則相對豐富許多，它們都源自不同國家，有不同節拍與重音。

　　依照慣例，一部組曲一定會納入「阿勒曼德」（起源於德國，速度適中的四拍子）、「庫朗」（起源於法國，速度急促的三拍子）、「薩拉邦德」（起源於西班牙，速度緩慢的三拍子）與「吉格」（起源於英國，速度飛快的六拍子）等四種舞曲。不過巴赫在《第三號組曲》中打破了常規，他先採用帶著即興風味的〈前奏曲〉開場，接著以民俗感濃烈的〈路爾舞曲〉和〈嘉禾舞曲〉延續；這兩者都源於法國，「路爾」（loure）指的是風笛，舞曲個性單純、恬靜，後者則是以後半拍開始的舞曲，樂風俏皮。再來的「小步舞曲」最廣為人知，它盛行於宮廷，通常是速度適中的三拍子音樂，「布雷舞曲」也源於法國，為輕快的二拍子。

　　除了前面提到的舞曲，還有兩類舞曲頗為特別，一是

《第一號奏鳴曲》中的「西西里舞曲」，一是《第二號組曲》中的「夏康舞曲」。「西西里舞曲」源自義大利，為緩慢的六拍（或十二拍），因為風格別具韻味，十九世紀還常常有作曲家使用，作為「復古」的象徵。「夏康舞曲」源於拉丁美洲，後傳到西班牙，它由一段固定的低音旋律反覆連接而成，高音聲部在每次重複時都要變奏，這種作品特別能展現作曲家的想像力。由於《第二號》夏康舞曲技巧困難、樂思奔放，十九世紀鋼琴家布索尼還特別將它改編成鋼琴獨奏曲，成為音樂會上最受歡迎的曲目之一。

相對於前述時尚的舞曲，小說裡還出現了一種在十七、十八世紀的「舊思想」──「賦格」。「賦格」是音樂創作中最複雜的一種樂曲，它孕育於中世紀到文藝復興時期的多聲部合唱。寫作賦格時，作曲家要讓每一聲部的關連都符合某些既定規則，但在遵守規則中，又要讓各聲部保有自己的旋律姿態和美感，這種方式可以說是理性與感性最高級的融合。巴赫一輩子鑽研這樣的樂曲，留下的成果令人難以企及，儘管當時這種風格被視為落伍，但巴赫在世俗化的大環境中，還堅持寫作「充滿神性的賦

格」，也讓他的筆下始終帶有一種超脫凡俗的純淨情懷。

最後，這些音樂終究要通過小提琴演奏才能發聲，所以小說裡還提到了一個實務上的問題：「狼音」。「狼音」的出現是由於琴身的震動與音頻聲波過於接近，兩者相互衝突，使得某些音出現了斷斷續續的聲響；它的出現並不是因為損壞，而是琴天生的狀態，如同每個人天生都有缺陷一般，所以處理狼音問題與其說是修復，更應該說是「調頻」。從這個角度來看，小梅從害怕雜音，到經過大自然、巴赫樂曲、製琴教琴等歷程洗禮，重新找到繼續生活的力量，「狼音」的出現可以說是為預告小梅一連串故事再適切不過的伏筆了。

· 本文作者吳毓庭，台師大音樂系學士，美國印第安納大學演奏碩士，西雅圖華盛頓大學博士班研究。曾任「國家兩廳院」節目部專員，現為《表演藝術》、《Muzik 樂刊》、《國語日報》筆者，著有《音樂訓練 II——古典音樂賞析》與《點描德布西》音樂散文集。

曲目一覽表

小梅的巴赫《六首無伴奏小提琴奏鳴曲與組曲》曲目聆聽

E 大調第三號小提琴組曲，BWV 1006

第一樂章：前奏曲

第二樂章：路爾舞曲

第三樂章：嘉禾舞曲與輪旋曲

第四樂章：小步舞曲 Ⅰ、第五樂章：小步舞曲 Ⅱ

曲目一覽表

第六樂章：布雷舞曲

第七樂章：吉格舞曲

a 小調第二號小提琴奏鳴曲，*BWV 1003*

第一樂章：極緩板

第二樂章：賦格

第三樂章：行板

第四樂章：快板

b 小調第一號小提琴組曲，*BWV 1002*

第一樂章：阿勒曼德舞曲

第三樂章：庫朗舞曲

第五樂章：薩拉邦德舞曲

第七樂章：布雷舞曲

d 小調第二號小提琴組曲，BWV 1004

第一樂章：阿勒曼德舞曲

第二樂章：庫朗舞曲

第三樂章：薩拉邦德舞曲

第四樂章：吉格舞曲

第五樂章：夏康舞曲

g 小調第一號小提琴奏鳴曲，BWV 1001

第一樂章：慢板

第二樂章：賦格

第三樂章：西西里舞曲

第四樂章：急板

C大調第三號小提琴奏鳴曲，BWV 1005

第一樂章：慢板

少女練習曲

第二樂章：賦格

第三樂章：緩板

第四樂章：極快板

其他曲目

G 大調第一號小提琴奏鳴曲
作品 Op. 78
第一樂章：但不過分活潑的

D 大調第三號管弦樂組曲，BWV 1068
第二樂章：歌曲《G 弦之歌》

E 大調第一號小提琴協奏曲
作品 RV 269《春，選自四季》
第一樂章：快板

彼得與狼
作品 Op. 67
而現在，事情就是這樣的

G大調第三號布蘭登堡協奏曲
作品 BWV 1048
第一樂章：快板

培恩的演奏曲

薩拉沙泰《流浪者之歌》

普羅高菲夫《D大調第一號小提琴協奏曲》

少女練習曲

國家圖書館出版品預行編目 (CIP) 資料

少女練習曲 / 薩芙著；劉彤渲圖 . — 初版 . --
臺北市：九歌，2019.09
面； 公分 . -- (九歌少兒書房 272)
ISBN 978-986-450-256-1 (平裝)

863.59　　　　　　　　　　　　　108012831

作　　者 —— 薩　芙
繪　　者 —— 劉彤渲
責任編輯 —— 鍾欣純
創 辦 人 —— 蔡文甫
發 行 人 —— 蔡澤玉
出　　版 —— 九歌出版社有限公司
　　　　　　台北市 105 八德路 3 段 12 巷 57 弄 40 號
　　　　　　電話／ 02-25776564 · 傳真／ 02-25789205
　　　　　　郵政劃撥／ 0112295-1

九歌文學網　www.chiuko.com.tw

印　　刷 —— 晨捷印製股份有限公司
法律顧問 —— 龍躍天律師 · 蕭雄淋律師 · 董安丹律師
初　　版 —— 2019 年 9 月
初版 2 印 —— 2021 年 2 月
定　　價 —— 260 元
書　　號 —— 0170267
Ｉ Ｓ Ｂ Ｎ —— 978-986-450-256-1